이형석 퓨전 판타지 장편소설

WISHBOOKS FUSION FANTASY STORY

스킬의 제왕

스킬의 제왕 1

이형석 퓨전 판타지 장편소설

초판 1쇄 찍은 날 | 2017년 9월 13일
초판 1쇄 펴낸 날 | 2017년 9월 20일

지은이 | 이형석
펴낸이 | 예경원

기획 | 위시북스
편집책임 | 이규재
편집 | 이즈플러스

펴낸곳 | 예원북스
등록번호 | 제396-2012-000132호
등록일자 | 2012. 7. 25
KFN | 제1-149호

주소 | 경기도 고양시 일산동구 호수로 646-24 위너스21Ⅱ빌딩 206A호 (우)10401
전화 | 031-819-9431 팩스 | 031-817-9432
E-mail | yewonbooks@naver.com

ⓒ이형석, 2017

ISBN 979-11-6098-467-5 04810
      979-11-6098-466-8 (set)

이형석 퓨전 판타지 장편소설
WISHBOOKS FUSION FANTASY STORY

스킬의 왕제

1

Wish Books

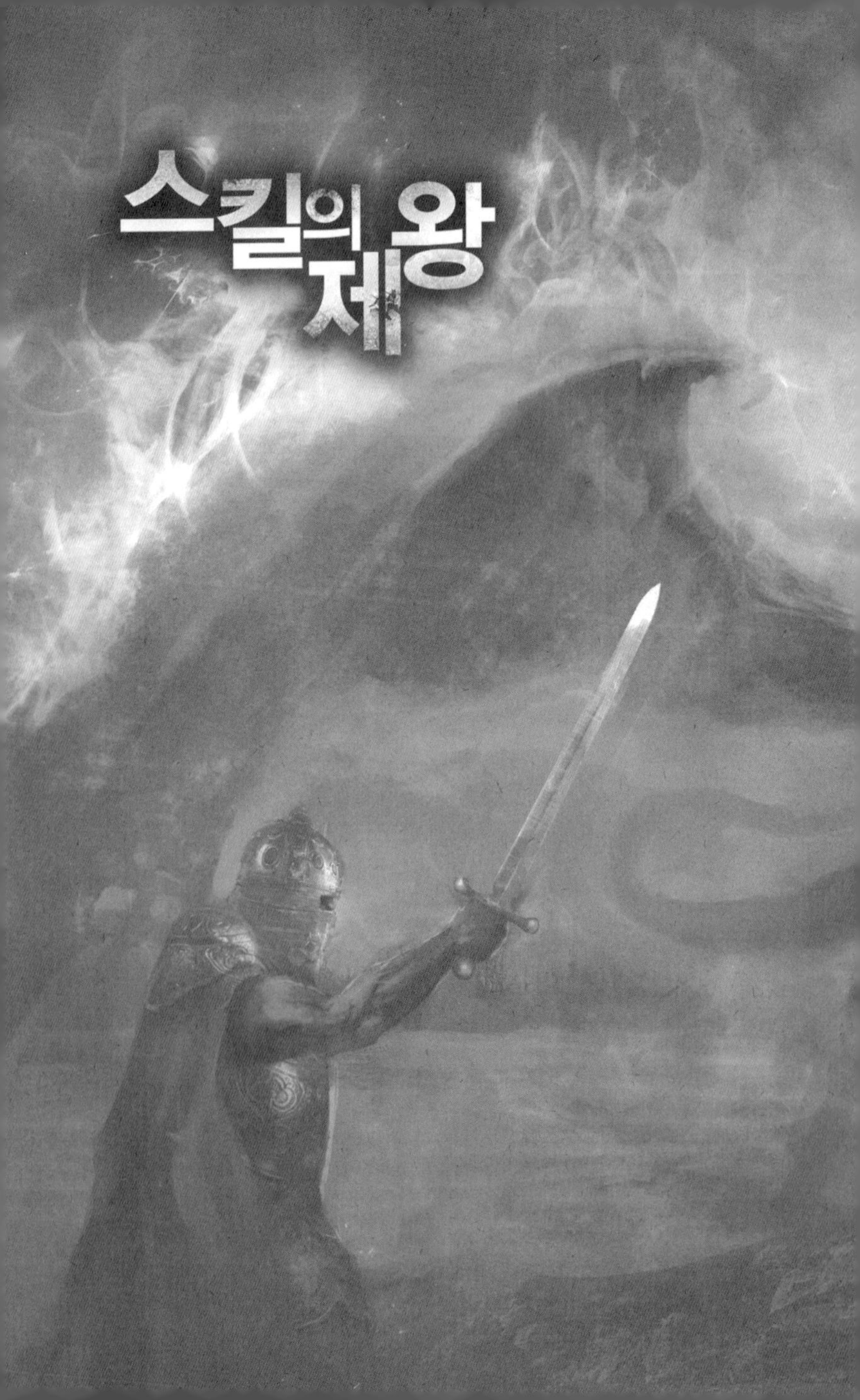
스킬의 제왕

CONTENTS

권좌는 단 하나.

오직 그곳에 오른 단 한 종족만이 살아 돌아갈 수 있다.

지구로 돌아가기 위해.

신의 땅에서.

지금, 인류는 다섯 종족과 전쟁을 시작한다.

1장
변혁의 다짐

하잘 협곡.

와아아아아아아아아———!!!!

크아악——!!!

죽여라!!! 죽여!!!!!

'무모한 전투였어.'

여기저기에서 들려오는 비명. 타들어 가는 화약 냄새 속에서도 피비린내는 가려지지 않고 오히려 코끝을 자극했다.

'이따위 작전을 짜다니. 도대체 전술 팀 녀석들은 대가리에 뭐가 든 거야?'

속으로는 오만 가지 욕지거리를 내뱉었지만 억울하거나 화가 나는 건 아니다. 자신의 마지막이 대단하지 않을 거라고 예상하고 있었으니 말이다.

평범한 학생이었던 자신이 펜이 아닌 검을 들고 적의 목을 베고 있을 거라고 상상할 수나 있었을까.

'하지만……..'

빠득.

'어디서부터 꼬인 걸까.'

신이 만든 무대.

이곳에 들어온 지 15년.

권좌의 왕들이 벌인 전투 속에서 꾸역꾸역 어떻게든 살아남기 위해 그는 싸우고 또 싸웠다.

티잉———!!

들고 있던 이가 빠진 낡은 강철검이 버티지 못하고 반으로 쪼개져 버렸다.

15년.

'그래, 15년이다.'

죽을 듯이 싸워도 변변찮은 B급 레어 아이템 하나 만져 보지 못했다.

인간군 검병2부대 소속.

제대로 된 직책도 없는 자신은 그저 1천만 인간군 속의 한 사람일 뿐.

뭐, 여기까지 살아 있는 것만으로도 대단하다. 바닥에서부터 열심히 싸웠으니.

'그렇다 해도 검투사의 후계자가 저따위 애송이인 건 용납

할 수 없어.'

여섯 종족 중 인간군의 권좌에 오른 최강자, 검투사 이강호. 그가 이끌던 시절엔 그래도 믿을 수 있었다. 기대도 했었다. 여섯 개의 권좌 중 인간이 모든 종족을 누르고 정말로 살아남을 수 있을 것이라고. 다시 지구로, 지하철을 타고 학교를 다니고 친구들과 술을 마시던 그때로 돌아갈 수 있을 거라고.

"크아아아아!!!"

쾅—!! 쾅——!!!

콰가강——!!!

하지만 검투사라 불리던 최강자도 결국은 인간. 차원을 넘기 전부터 가지고 있던 지병으로 그가 죽고 7년간의 전투에서 그의 다섯 제자 중 네 명이 죽었다.

이제 남은 한 사람. 이지훈. 검투사의 마지막 제자.

갓 스물의 애송이가 일천만 군세를 이끄는 인간군의 지휘자가 되었다.

'검투사의 무구가 전승 아이템일 줄은 아무도 몰랐지⋯⋯.'

무열은 억울한 듯 검을 내려치며 고개를 돌려 뒤를 바라봤다. 그것만 아니었다면 녀석이 권좌에 오를 일은 없었다.

SSS급, 인간계 최강의 무구.

「검의 구도자(Seeker of the Sword)」

그 엄청난 아이템을 두르고서 하는 짓이 고작 병사들 뒤에 숨는 것뿐.

'한심한 꼬락서니 하고는…….'

콰아앙-!!

콰가가가가강--!!!!

전장의 폭음 소리마저 그를 혼내는 것 같다.

"젠장……."

무열은 이를 갈았다.

주마등처럼 스쳐 지나가는 기억들.

'그때…… 그 선택만 아니었다면.'

인생의 선택의 기로, 실패한 결정들, 밀려오는 후회, 잊으려고 해도 잊혀지지 않는 일들.

만약 그때로 돌아갈 수 있다면, 다시 선택할 수 있다면 지금 자신이 들고 있는 게 이름도 없는 E급 강철검이 아닌 빛나는 성검이지 않을까.

하지만 이미 늦은 후회일 뿐.

푸욱.

그때였다.

등에서부터 가슴을 뚫고 튀어 올라오는 창날.

"……어?"

날에 덕지덕지 뜯겨 붙어 있는 내장이 자신의 것이라는 것을 깨닫는 순간 그는 멍하니 그걸 바라봤다.

고개를 돌렸다. 눈동자 없이 온통 검은색인 커다란 눈이 자신을 바라보고 있다.

콰득……!!!

또다시 옆구리를 찌르는 검날.

새하얀 피부와 연녹색의 눈동자를 가진 남자의 검.

'마족…… 네피림…….'

이렇게 되면 누가 먼저 자신을 죽인 걸까.

하, 이제 와서 그게 무슨 소용인가. 이미 여섯 종족이 뒤엉켜 있는 곳인데.

다르게 생기면 모두 적.

이곳은 전쟁터였다. 그리고 지금, 그 적에게 등을 내줬다.

"제길……."

그 결과가 이거다.

시야가 서서히 기울어지고 있었다. 차가운 흙바닥이 얼굴에 닿는 순간, 그는 세상이 기우는 게 아니라 자신의 몸이 쓰러진 거란 걸 알았다.

"이렇게……."

무열.

세븐 쓰론(Seven Throne)에 징집된 지 15년.

35세의 나이로 죽다.

"쿨럭, 쿨럭!!!"

속이 뒤엉키는 기분과 함께 무열은 참았던 숨을 토해냈다. 끈적끈적한 타액과 함께 헛기침이 몇 번이나 연속으로 나왔다.

"헉, 헉, 헉……."

숨을 토해내고 나서야 무열은 짚고 있는 바닥의 모래를 움켜쥐었다.

'이렇게.'

등에서부터 가슴까지 꿰뚫었던 창이 생생하게 기억이 났다.

'끝난 건가…….'

자신의 삶이.

느낌이 이상했다. 죽음이란 이토록 아무렇지 않게 마무리되어 버리는 건가 하고 생각되었다.

"……!!"

그때였다. 무열은 이상한 느낌에 몸을 만졌다. 죽어본 적이 없으니 뭐가 뭔지 모르겠지만 창날이 가슴을 뚫고 튀어나왔음에도 불구하고 상처 하나 없이 깨끗했다.

"이봐, 괜찮아?"

"……에?"

눈을 몇 번이나 비비고 나서야 무열은 자신을 바라보는 남자가 시야에 들어왔다. 턱수염을 자르지 않아 덥수룩하게 나

있는 남자. 술배가 좀 나왔지만 바닥에 창을 꽂고 서 있는 폼
이 제법 능숙해 보였다.

"……김씨 아저씨?"

"으잉?"

남자는 무열의 물음에 이상하다는 듯 입꼬리를 아래로 떨
어뜨리며 말했다.

"내가 김씨인 건 맞는데……. 자네, 날 아나? 우리 어디서
본 적 있던가?"

무열이 김씨라 불렀던 남자는 심드렁한 표정으로 옷 안으
로 손을 집어넣어 배를 긁었다.

"어디서 만났지? 허허……. 늙으니까 기억력이 말이야. 내
가 청소하던 건물에서 일하던 친군가? 세상 진짜 뭣 같지…….
이런데 잡혀오고 말이야."

"네?"

김씨 아저씨. 분명 김진만이란 이름이 있지만 검병부대의
부대원 대부분이 그를 김씨 아저씨라 불렀다. 특출한 건 없지
만 유쾌한 성격에 끈질기게 오래 살아남아 자신과 마찬가지
로 15년이나 전장에 머문 베테랑.

"아저씨도…… 죽은 겁니까? 하긴, 승산이 없는 전투였죠.
전술 팀 놈들…… 아니다, 이제 와서 뭐라 해봤자 늦었지."

무열은 한숨을 내쉬며 말했다.

"마지막 전투는 협곡에서 하면 안 되는 거였는데……."

"뭐?"

그 순간 항상 웃는 얼굴을 하고 있던 김씨의 표정이 확 구겨졌다.

"······네?"

"이 새끼가 뭐라는 거야? 죽긴 누가 죽어? 멀쩡히 살아 있는 사람을 무슨!"

김씨는 못 볼 걸 본 사람처럼 무열을 노려보며 소리쳤다. 생각지도 못한 그의 반응에 무열이 그를 바라봤다.

"에라이, 퉷!! 전투 앞두고 재수 없게. 가뜩이나 매일 죽어 나가는 판에!!"

신경질적으로 소리친 그가 바닥에 찍은 창을 들어 올리며 막사 밖으로 나가 버렸다.

천막이 흔들렸다. 기둥이 높게 세워진 막사엔 낡은 상자가 있었고 버려진 병장기들이 너부러져 있었다.

익숙한 모습.

무열은 그제야 자신이 있는 곳을 둘러봤다.

당연한 듯 익숙한 모습이.

"막사······."

다시 한번 자신이 있는 곳의 이름을 중얼거리다가 놀라지 않을 수 없었다.

"어째서······?!"

죽은 자신이 왜 막사 안에 있는 거지.

좌르륵———!!!!

천막을 걷었다.

그 순간 그는 형용할 수 없는 기분에 입을 다물지 못했다.

여기저기 분주하게 움직이는 사람들.

"다들 준비해!!"

"이, 이봐!!"

"뭐야? 비켜!!"

믿을 수 없는 광경에 무열은 혼란스러웠다.

"……지금 이게 뭐가 어떻게 된 거죠?"

병장기를 들고 지나가는 사람을 황급히 붙잡았다.

"뭐가 어떻게 되긴? 게이트에 빨려 들어온 지가 반년이나 됐는데. 당신, 그럼 어떻게 3거점까지 오게 됐는데?"

"……바, 반년?"

무열의 물음에 남자는 어이없다는 듯 대답하고는 다시 달려갔다.

분명…… 알고 있는 곳이다.

인간군 제3거점.

2016년 9월 22일. 전 세계가 새하얀 빛으로 덮였던 날.

상공에 생성된 커다란 광구(光球).

회사원, 가정주부, 학생 구분할 것 없이 지구상에 살던 모든 사람이 빛의 게이트를 통해 빨려 들어갔다.

학교에서 공부를 하던 학생들도, 저녁 준비를 하던 주부들도, 퇴근길에 포장마차에서 소주를 마시던 회사원도…… 모두 이곳으로.

'세븐 쓰론(Seven Throne)…….'

인류가 새로이 맞이하게 된 이면 세계의 이름.

완전히 다른 세상.

징집된 사람들은 살아남기 위해 거점을 만들고 다가오는 몬스터의 습격에 대비하고 싸워야 할 뿐.

"자, 다들 서두릅시다!! 곧 몬스터 웨이브가 시작될 겁니다!"

중후한 그 목소리는 크지 않았지만 거점 안에 모두 울릴 정도였다.

[몬스터 웨이브 : 10분 전]

마치 경고문처럼 상공에 떠 있는 붉은 시스템창이 번뜩이고 있었다.

"우린, 이길 수 있습니다!!"

투박한 갑옷은 여기저기 부서져 전투의 흔적이 고스란히 남아 있었다.

촤앙———!!!!

등에 달려 있는 두터운 태도가 번뜩였다.

그 순간 무열은 가슴이 턱 하고 막히는 기분이었다.

"강찬석……?"

강찬석. 이강호의 첫 번째 제자.

하지만…… 그의 기억 속의 남자가 아니다. 너무 젊었다. 트레이드마크인 양쪽으로 기른 수염 대신 또렷한 눈동자가 그의 눈에 들어왔다.

게다가…… 온전한 몸.

가장 먼저 죽은, 검투사 이강호의 제자.

확실히…….

'그가 이 3거점을 처음 만들었었다.'

거기에 자신도 있었으니까.

"반년……."

무열의 머릿속이 빠르게 회전했다.

자신이 죽은 건 세븐 쓰론에 참가한 지 15년 뒤.

'꿈인가?'

그럴 리가. 이 감촉, 이 느낌. 꿈이 아니다.

'죽은 게 아냐…….'

우리를 끌고 왔던 인간계의 주신, 락슈무는 말했었다.

「선택받은 당신들은 지금부터 권좌에 도전할 수 있는 영광을 얻었습니다. 오직 한 종족. 그 정점에 선 한 존재만이 권좌에 오를 수 있습니다.」

「권좌에 오른 단 한 명은 원하는 건 무엇이든 할 수 있습니다.」

「신이 되는 것도, 돌아가는 것도, 혹은 몰살의 미래까지. 모두 당신의 뜻대로.」

마지막 말과 함께 락슈무의 섬뜩한 웃음이 아직도 뇌리에서 잊혀지지 않는다.

"후우……."

오직 강자만이 살아남을 수 있는 무대.

그 정점에 선 한 사람은 세계 최대 석유 부호도, IT 업계의 최고 권위자도, 수많은 신도를 거느린 종교의 최고 지도자도, 심지어 전 세계 팬을 보유한 월드 스타도 아니었다.

50대의 평범한 중년 남자, 이강호.

그는 검투사의 칭호를 얻어 인간군의 권좌에 오르며 다섯 종족과의 전투를 준비했다.

'하지만 패배했다.'

무열은 자신도 모르게 심장이 주저앉는 기분에 가슴 언저리를 만졌다. 꿰뚫렸던 가슴엔 아무런 상처도 없다.

'정말…….'

믿을 수 없지만 믿을 수밖에 없는 현실.

무열은 생각을 굳혔다.

'돌아왔다.'

무열은 자신의 손에 들려 있는 검을 바라봤다.

그때였다.

'……!!'

한숨을 내쉬던 그때, 그의 머리를 강하게 내려치는 기억.

"왜……?"

어째서 반년이 지난 시점에서 되살아난 걸까. 처음이 아닌 애매한 이 시기에. 하필…….

두근……!! 두근……!!

그 순간 심장이 뛰기 시작했다.

'무엇 때문에?'

쿵-!!

쿵쿵--!

쿵! 쿵! 쿵---!!!

'그건가. 설마.'

무열의 얼굴이 뜨겁게 달아올랐다. 머리까지 솟구치는 열기는 이내 곧 두근거림으로 이어졌다.

'오늘이야말로 모든 걸 다시 바로 잡을 수 있는 그날의 시작…….'

바로, 그 시작의 시점.

앞으로 3일. 다가올 끔찍한 그날을 막을 수 있는 순간으로 돌아온 거다.

"바꿀 수 있다."

무열의 손이 부들부들 떨렸다.

긴장감은 흥분으로 바뀐다. 그리고 흥분은 다시 설렘이 된다.

'이번에야말로…….'

잘못된 선택. 후회했던 결정들, 돌이킬 수 없던 자신의 삶을 뒤엎을 수 있는 기회.

'남에게 기대지 않는다.'

강철검을 쥔 손에 땀이 맺혔다.

무열은 말했다.

"내가 권좌에 오르겠다."

"강찬석……."

분주하게 막사 안을 돌아다니는 그를 보며 무열이 낮은 목소리로 중얼거렸다.

"두 팔이 다 있는 당신을 다시 보게 될 줄이야."

뛰어난 재능과 더불어서 사람들을 끌어모으는 포용력까지 갖춘 검사.

'제아무리 이강호라도 강찬석이 없었다면 권좌에 오르지 못했을 거라고 할 정도였으니까.'

훌륭한 사람이다. 만인의 귀감이 될 정도로.

게다가 검투사를 만나서 그의 스킬을 전수받은 뒤부터는 엄청난 위치에 올랐다.

S랭크까지.

하지만 거기까지였다.

'당신이 팔 하나를 잃지 않았다면 SSS랭크까지도 올라갈 수 있었을지도 모르지.'

그때였다.

"제길……."

날씨가 추운 것도 아닌데 온몸이 파르르 떨렸다.

15년이 지났지만 무열의 기억 속에 여전히 생생한 전투가 하나 있다. 절대로 잊을 수 없는 기억.

"이번 웨이브는 어디서 생긴데?"

"뭐, 뻔하지. 저기 뒤에 있는 내림천에 있는 리자드맨들이 겠지."

"에이, 그럼 쉽겠네. 왜 저렇게 호들갑이래."

"신입들 겁주려고 그러는 거지, 뭐. 대장은 쓸데없이 걱정이 많다니까."

막사 안에 있는 사람들은 강찬석을 바라보며 피식 웃었다.

'아니야. 이번엔 다르다.'

대수롭지 않게 생각하는 사람들과 달리 무열의 표정은 어두웠다.

산봉 내림천. U자 형태의, 거점 주변 만유숲 안에 있는 그곳은 확실히 E급 몬스터가 주로 서식하는 곳이었기에 꽤 안전한 사냥터였다.

처음 세븐 쓰론에 징집됐을 때만 하더라도 우왕좌왕하던

사람들도 반년이 지난 지금은 대륙을 조사하고 안전지대에 거점을 잡기 시작했다.

이제 겨우 이곳에 익숙해졌다고 생각하는 순간.

'오늘이다.'

무열은 거점 주변의 사람들을 살폈다.

침공.

'제3거점이 완전히 사라진다.'

500명이 넘었던 사람 중에 살아남는 이는 겨우 50명 남짓. 몰살에 가까운 결과였다.

'그것도 당신이 팔 하나를 내어주고 겨우 얻은 성과였지.'

무열은 사라지는 그의 모습을 바라봤다.

'……어떻게 하지?'

고민했다.

'혼자 피할까?'

불가능한 방법은 아니다. 그의 머릿속엔 이미 15년 동안 쌓아둔 세븐 쓰론의 지도가 각인되어 있으니까. 몬스터가 어디서 리스폰되고, 함정이 있는 위험한 곳이 어디인지 기억하고 있으니까. 위험은 피하고 다른 인간군의 거점을 찾아가는 게 못 할 일은 아니다.

"아니, 그럴 수 없어."

무열은 황급히 주위를 둘러봤다.

'강찬석에게 이 사실을 말해야 할까.'

그것도 불가. 대피하기엔 이미 늦었다. 뜬금없는 자신의 말을 믿을 리도 없겠지만.

무열은 '몬스터 웨이브 : 5분 전'이라는 알림창을 바라보며 입술을 깨물었다.

'이대로 보고만 있을 순 없다.'

더 이상 똑같은 역사를 만들지 않겠다.

적어도…….

그는 기억을 더듬었다. 3거점이 있던 이곳은 자신이 소속되었던 이강호 세력의 영토. 익숙한 것이 즐비한 곳이었다.

'분명 여기서 벌어졌던 전투에도 참전했는데…….'

그때였다.

'……!!!'

무열의 뇌리를 스쳐 지나가는 기억.

'그래, 그게 있었지.'

내림천 뒤에 있는 '그곳'.

"그거다!"

무열은 자신도 모르게 소리쳤다.

"음?"

"왜 저래?"

그의 외침에 주변 사람들이 힐끔힐끔 그를 쳐다봤지만 그런 건 중요한 일이 아니었다.

무열이 검을 쥐었다. 잡고 있는 손잡이가 불편했다. 정확히 말하면 들고 있는 검이 형편없었다. 무게중심도 제대로 맞지 않고 날도 서 있지 않았다.

'이런 걸 다 느끼다니.'

그저 살아남기 위한 15년이었지만 적어도 아무것도 얻지 못한 건 아니었나 보다.

"상태창."

이름 : 강무열

랭크 : E

근력 : 15

민첩 : 17

체력 : 12

마력 : 0

〈전투 스킬〉

〈생산 스킬〉

무열은 자신의 상태를 확인하며 한숨을 내쉬었다.

'……할 수 있을까?'

주신 락슈무는 70억 인구를 모두 이곳에 소환하면서 모든 수치의 기준을 10으로 정했다. 언뜻 보기엔 평균 이상으로 보이지만 10이란 기준은 어린아이부터 여자, 노인까지 모두 포함된 수치. 절대로 높은 게 아니었다.

'하긴…… 싸우기보단 살기 위해 도망치던 날이 더 많았으니까.'

그 당시에 자신은 학교에서 강의를 듣고 있었다. 듣고 있던 건 고작 펜 한 자루뿐. 평생 검을 들어본 적 없던 그가 몬스터들을 상대로 노련한 전투를 할 수 있을 리가 없었다.

'지금은 달라.'

그가 겪은 크고 작은 전투만 하더라도 수백 번이다.

누구보다 지금 검을 쥐는 것에 익숙한 사람.

경험이야말로 이곳에서 가장 큰 무기가 될 수 있다는 걸 무열은 알고 있다.

"내가 막는다."

사람들을 구한다.

단지 그뿐만이 아니다.

무열은 무리 안에서 분주하게 움직이고 있는 한 사람을 바라봤다.

강찬석.

'이번엔 내가 양팔을 다 쓰게 해주지.'

무열은 그를 구하고자 했다.

그가 과거에 뛰어난 검사 중 한 명이라서?

아니다.

15년 세월 동안 수많은 강자가 있었다. 개중엔 강찬석보다 더 강한 자들도 존재했고 더 미친 자들도 존재했다.

'당신은 내가 권좌에 오르기 위해 필요한 사람이니까.'

마음먹었다. 최고가 되겠다고. 이젠 우러러봐야 했던 그들의 위에 자신이 최고가 되어 군림하겠다고.

'이번 삶까지 그렇게 살진 않겠어.'

한낱 병사가 아닌 정점에 서겠다고.

그 첫 단추가 바로 강찬석이었다. 처음이 아닌 가장 끔찍했던 오늘로 돌아온 이유를 무열은 이제 알 것 같았다. 바로 오늘을 뒤집기 위함이다.

"좋아."

무열은 숨을 깊게 들이마셨다.

새로운 삶의 시작. 그 시작이 절망이 아닌 기회로 바꾸기 위해.

스윽.

코끝에서 느껴지는 죽음의 냄새.

"지금은 아니야."

무열은 사람들이 모이는 정문이 아닌 막사의 반대 방향으로 달리기 시작했다.

쿵.

지면을 박차는 발소리가 들린다.

바로.

역사가 바뀌는 소리였다.

2장
선수를 치다

"제길……!!!"

무열은 욕지거리를 내뱉으며 소리쳤다. 후들거리는 다리로 한 발자국씩 앞으로 나갈 때마다 누군가 뒤에서 잡아당기는 기분이었다.

"후, 후아……!!"

15년간 전장을 누비면서 쌓였던 체력이 별거 아니라고 생각했었지만 지금 순간만큼은 너무나도 그리웠다.

"하루는 꼬박 가야 하는 거리를 빠르게 가려니까 죽겠군."

숨을 고르며 그가 모래 위에 앉았다.

'지금쯤 한창 몬스터 웨이브가 진행되고 있겠지.'

사실상 하루에 한 번씩 일어나는 웨이브는 그다지 어려운 게 아니었다. 하지만 이번엔 다르다. 지금까지와는 달리 한 번이 아닌, 하루에도 몇 번씩이나 일어난다.

이런 웨이브를 막을 수 있는 건 단 삼 일.

'마지막 4일째가 되기 전에 끝내야 해.'

그날, 기껏해야 유일한 D랭커라고 할 수 있는 강찬석을 제외하고 대부분이 E랭크에 머물고 있는 거점에 나타난 네임드 몬스터.

만유숲의 리자드 킹.

'그 녀석이 거점을 전멸시킨다. 4일째가 되기 전에 녀석을 막아 거점으로 오지 못하게 해야 해.'

[체력이 1 Point 상승하였습니다.]
[근력이 1 Point 상승하였습니다.]

그 순간 상태창이 반짝이며 메시지가 나타났다.

아이러니하게도 죽을 것같이 힘들지만 그만큼 스테이터스의 포인트가 오르고 있는 것이다.

세븐 쓰론의 모든 수치는 평등하다. 몸을 쓰면 체력이 올라가고 힘을 쓰면 근력이 올라간다. 즉, 누구보다 열심히 노력한다면 그에 상응하는 수치를 얻을 수 있다는 말이다.

무열 역시 그랬다. 죽고 싶지 않아 몸을 움직였기에 징집된 전투에서 적어도 그의 기본 수치는 나쁘지 않았다.

'물론, 노력으로 안 되는 것도 있지.'

바로 마력. 아주 가끔 스스로 익힌 자들도 있다고 하지만 그건 태생적으로 소질이 있던 극소수에 불과했다.

무열의 수치 중 마력만큼은 0이었고 죽기 직전까지도 그 수치는 변하지 않았다.

게다가 아예 나타나지 않는 수치들도 있었다.

히든 스테이터스(Hidden Status).

아주 특수한 경우에 개안이 되는 능력치.

"하지만 이번엔 달라."

숨을 고르던 그가 다시금 발을 움직이기 위해 자리에서 일어났다.

자신의 기억이 맞다면.

"내가 얻겠어."

바로 그 장소, 거기에 간다면 말이다.

2년 뒤, 딱 한 번. 무열은 마력을 얻을 뻔했던 적이 있었다.

'개자식…….'

동료라고 생각했던 녀석을 떠올리자 무열은 자신도 모르게 이를 갈았다.

히든 스테이터스의 위력은 실로 엄청났다.

'그 녀석이 마력을 얻고 인간군 중 100위에 들었지.'

그 이후 이강호에는 미치지 못했지만, 그다음으로 권세가 컸던 불멸자라는 별명을 가진 중국의 염신위 산하에 들어가 위용을 떨치기도 했다.

'뭐, 그래 봤자 권좌를 다투는 전쟁에서 강찬석에게 목이 날아갔지만.'

그 당시에도 한쪽 팔밖에 없던 그의 실력을 새삼 느끼게 되는 순간이다.

'생각해 보니 많은 일이 있었어…….'

정말로 지난 삶엔 참으로 많은 인연이 있었다. 그리고 실수도 많았다.

'다시는 반복하지 않는다.'

무열은 과거 자신이 선택한 결과가 어떤 미래를 만들지 알았다.

실수를 없애는 것. 그건 곧 완벽해진다는 의미였다.

"읍?!"

비장한 마음과 달리 혹사한 다리가 힘을 받지 못하고 엉키며 바닥에 엎어졌다.

"켁…… 켁, 켁…….."

모래가 입안으로 파고들었다. 자신의 의지와는 상관없이 부들부들 떨리는 몸을 보며 무열은 한숨을 내쉬며 말했다.

"……살아 돌아가면 일단 훈련부터 바꿔야겠어."

15년. 그의 머릿속에 남아 있는 것. 그건 단순한 기억뿐만이 아니었으니까.

인간계 최강이라고 불린 이강호가 거점을 세운 후 만든 훈련소에서 무열은 3년간 훈련을 받았다.

전투를 위해 랭커들이 고안한 수많은 교본을 익혔다. 그곳에서 만들어진 체력, 근력, 민첩을 높이는 최적의 훈련법을 기억하고 있었다.

"조금만 기다려라."

죽기 전이나 지금이나 살겠다는 목표는 똑같았지만 무열의 행동은 완전히 달라졌다.

"도착했다."

무열은 자신의 앞에 있는 커다란 동굴을 바라보며 그제야 한숨을 내쉬었다.

"하루가 걸리는 거리를 반나절 만에 왔으니 다행인 건가. 덕분에 체력도 더 올랐네."

동굴 위로 지는 붉은 노을.

무열은 뻐근한 다리를 툭툭 주먹으로 두들기며 중얼거렸다.

"다시 봐도 엄청나네."

무열은 강하게 흐르는 내림천 앞에 낡은 폐허처럼 보이는 입구를 바라봤다. 반쯤 무너진 입구는 을씨년스러워 보였지만 그는 부서진 버팀목을 쓰윽 만지면서 생각했다.

"원래대로라면 3년 뒤에 있을 산봉 방어전에서 사용돼야 할 던전이지만……."

그는 마치 오래된 기억의 장소를 온 것처럼 고개를 끄덕였다.

아니, 실제로 왔다.

무열은 저 멀리 언덕 아래로 보이는 거점과 함께 주위를 두르고 있는 숲과 내림천을 바라봤다. 그 위에 서 있는 폐광. 아무도 이곳을 신경 쓰지 않았었다.

"그때 방어전에 투입되었던 적이 있어서 다행이다. 그렇지 않았으면 절대로 몰랐겠지."

과거 이강호는 이곳을 두고 북방에 자리하고 있던 미국의 랭커 휀 레이놀즈와 격전을 벌였다. 이강호의 산하에 있던 무열 역시 그 전투에 참전했었고 이 낡은 폐광이 승리의 열쇠가 됐었던 걸 기억해 냈다.

그 방법 그대로.

무열은 이번에도 전세를 뒤바꿀 것이다. 상대가 인간이 아닌 몬스터라는 것만 달라졌을 뿐.

"이강호, 이번엔 내가 당신 작전을 먼저 써야겠어. 우릴 죽일 뻔했던 그 작전을 말이야."

E급 강철검을 쥔 채 그는 망설임 없이 발을 들여놓았다.

[라이칸 폐광에 입장하였습니다.]

[D급 라이칸 폐광에 입장하였습니다.]

무열이 검은 문에 발을 들여놓는 순간 메시지창이 떠올랐다.

그 순간이었다.

띠링.

[라이칸 폐광 최초 발견자!!]
[특전 확인]
[던전 내 일주일간 스테이터스 습득 증가 10%]
[던전 내 일주일간 몬스터 마석 획득 확률 증가 15%]
[던전 내 근력, 체력, 민첩 버프 15%]

"어?!"

그와 동시에 무열은 약을 주입한 것처럼 순간 힘이 솟는 느낌을 받았다.

"……버프 효과?"

무열은 신기한 듯 자신의 몸을 바라봤다. 조금 전까지 지쳤던 자신의 몸이 마치 회복되는 기분이었다.

최초 발견자! 오직 단 한 번, 처음 던전을 발견한 사람에게

만 주어지는 특전.

"이런 게 있었구나."

무열은 신기한 듯 말했다.

"카토 유우나가 어째서 던전에 그렇게 집착했었는지 알 겠군."

'라이칸 폐광.'

이곳의 최초 발견자는 '히든 이터(Hidden Eater)'라고 불렸던 카토 유우나였다. 인간군 지역에서 가장 많은 히든 피스를 수집했던 그녀가 초급 지역에 있는 이곳을 공략한 건 의외로 꽤 오랜 시간이 지난 후였다.

"그럴 수밖에. 제3거점이 괴멸되고 난 뒤에 여길 다시 온 사람은 거의 없었으니까."

딱.

무열은 손가락을 튕겼다.

"이강호가 권세를 만들고 거점을 이쪽으로 잡고 나서야 다시 사람들이 왔으니. 그 전엔 히든 이터처럼 괴짜나 이런 먼 곳까지 다시 와본 거겠지."

그러자 투명한 창에 다섯 칸으로 나뉜 블록이 생성되었다.

"역시 아직 남아 있구나."

그중에 첫 번째 칸을 열자 그 안엔 쓰다 남은 햇불이 들어 있었다.

인벤토리 시스템(Inventory System).

물건을 집어넣고 다닐 수 있는 훌륭한 시스템이지만 능력은 아이템에 따라 천차만별이었다. 다섯 개에서부터 수백, 수천, 혹은 무한에 가까운 수량을 넣을 수 있을 만큼.

"이번엔 꼭 드워프의 항아리를 얻어야겠어."

무열은 고작 다섯 칸밖에 없는 인벤토리를 보며 생각했다.

드워프의 항아리.

인벤토리를 100칸으로 늘려주는 아이템이다. S급까지는 아니지만 A급 중에선 가성비가 가장 훌륭한 인벤토리였다.

하지만 죽을 때까지 그가 얻은 인벤토리 아이템이라곤 훈련소에서 제작된 B급 보급대였다.

확실히 쉽게 얻을 수 있는 아이템은 아니었다. 생산 스킬 중에 하나인 '교섭술(Negotiation Skill)'을 얻어야 하는 번거로움이 있지만 다행히 15년 뒤엔 대부분의 사람이 기본적으로 배우는 필수 스킬이었다.

'거점 상점이 생기게 되면 그때부터 가장 필요한 능력이니까.'

거점 상점.

1년 뒤 생길 무인 상점이었다. 누구에게 속해 있는 것이 아닌 세븐 쓰론의 시스템하에 있는 상점으로 유용한 아이템이 많았다.

'문제는 가격.'

말도 안 되게 높게 책정된 가격에 살 수 있는 사람은 극히 드물어 무용지물이라고 생각되던 때, 최초로 교섭술을 발견한 사람이 나타났다.

거상이라 불린 S랭커, 라캉 베자스.

전투 능력은 B랭크 정도로 그저 그랬지만 탁월한 수완가로 이강호를 비롯해 권세를 만든 사람들이 영입하려고 했던 1순위였다.

나중에 그는 필수 스킬로 칭해지는 교섭술을 모든 사람에게 공개했다.

'어차피 그자가 이득이란 이득은 다 보고 난 뒤였지만 그래도.'

무열은 그렇게 생각하며 피식 웃었다.

그러나 그때는 그때. 지금은 다르다.

덕분에 무열은 그 스킬을 어떻게 익히는지 어디서 얻을 수 있는지 잘 알고 있었으니까.

'강해지는 것 이상으로 한발 앞서 이 세계를 주도할 수도 있다.'

무열은 인벤토리에서 꺼낸 횃불에 불을 당기며 천천히 걸어가기 시작했다.

저벅, 저벅, 저벅.

흙이 쓸리는 소리만이 무열의 귀에 들렸다.

나쁘지 않다.

'내가 살아 있다는 증거니까.'

무열은 몇 번이나 스스로 되뇌었다.

[크르르르르…….]

그때였다. 폐광 안쪽에서부터 들려오는 날카로운 으르렁거림. 그와 동시에 어둠 속에서 노란색의 안광이 번뜩였다.

무열은 녀석이 누군지 단번에 알았다. 라이칸 던전에 서식하는 E급 몬스터 '삵(Leopard Cat)'으로, 각 개체는 그다지 강하지 않았다.

'문제는 녀석들이 무리 짓고 있다는 거지.'

삵은 무리 지어 생활하는 개체가 아니지만 좁은 폐광 안에 서식하는 놈들은 달랐다.

'어차피 몬스터니까. 지구에 있는 동물과 완전히 다른 개체지.'

그도 그럴 것이 지구에선 죽은 동물은 피를 흘리지만 여기에선 마석을 떨어뜨리니까.

"오랜만인데, 이곳은."

무열은 검을 고쳐 쥐었다. 자신의 상태창을 봤을 때, 그 역시 기껏해야 가까스로 E랭크에 근접할 뿐이다.

"하나, 둘, 셋, 넷……."

그가 어둠 속에서 보이는 안광을 셌다.

"모두 다섯 마리."

녀석들이 몰려든다면 분명 이전의 자신은 반항조차 하지 못하고 죽었을 것이다. 하지만 지금의 무열은 어쩐지 여유가 있었다.

"딱 맞는군."

믿는 구석.

기억 속에 있는 수많은 실전. 그 하나를 꺼내는 순간이다.

가장 기본이지만 그를 죽음의 문턱에서 수없이 살려준 스킬.

'강검술.'

검투사 이강호를 비롯해 훈련소의 랭커들이 마력이 없는 병사들을 위해 만든 실전 '소드 스킬(Sword Skill)'. 마력이 없어도 기본 스테이터스만 있으면 누구나 익힐 수 있는 훌륭한 기본기.

'딱 한 번이겠지. 지금의 나라면.'

[크아아아아아!!!]

살의를 느낀 걸까. 어둠 속에서 삵들이 일제히 튀어나왔다. 순간 무열이 검을 위에서 아래로 내리깔며 자세를 낮추었다. 삵의 이빨이 무열에게 닿기 직전.

타앙—!!!

무열의 몸이 바닥을 박차고 튕겨 나가듯 튀어 올랐다. E급 강철검이 궤도를 바꾸면서 빠르게 움직였다.

서걱——!!

그대로 삶의 목을 베어버린 검은 멈추지 않고 계속해서 움직이며 반대쪽 녀석의 머리를 향해 쇄도했다.

[크르륵……?!]

자세를 잡기도 전에 이어지는 연계기에 삶이 괴상한 목소리를 내며 고개를 치켜들었다.

절대로 E랭커가 할 수 있는 움직임이 아니었다.

하지만 무열은 가능한 이유. 그건 단순한 기억만이 아닌 수백, 수천 번을 똑같은 자세로 훈련했었던 경험 때문이었다.

파박-!! 파바박———!!!

콰그그그그그극——!!

요란한 소리가 폐광 안을 울렸다.

츠즈즈즉……!!

먼지가 휘날리면서 떨어진 횃불의 불빛 사이로 무열의 어깨가 흔들리고 있었다.

"큭……!!"

고통에 무열이 검을 떨어뜨렸다.

손바닥이 엉망이 되었다.

"후우……."

하지만 무열이 고개를 돌리는 순간 그는 고통보다 입가에 미소가 생겼다.

한순간에 5마리를 몰살시킨 위력.

'예상대로다.'

몸은 그대로 기억하고 있었다.

츠으으윽———!!

녀석들의 시체가 타들어 가면서 보랏빛의 마석이 떨어졌다.

[하급 마석(×5)을 획득했습니다.]

바닥에 떨어진 마석을 주워 인벤토리에 넣는 순간, 무열의 눈동자가 커졌다.

[근력이 10 Point 상승하였습니다.]
[민첩이 10 Point 상승하였습니다.]
[체력이 10 Point 상승하였습니다.]

"어······?"

며칠을 죽어라 검을 휘둘러야 올릴 수 있을까 말까 한 포인트들이 한순간에 갑자기 상승하기 시작한 것이다.

단 한 번 공격을 했을 뿐인데.

"뭐, 뭐지······?!"

연달아 생성되는 창에 놀라 정신이 없는 순간 무열의 눈앞에 나타난 노란색 메시지창들.

[강검술 발견!]

[현존하지 않는 새로운 검술을 발견하였습니다.]

[강검술을 습득하였습니다.]

[습득률 1%]

[스킬 : 검술의 록(Lock)이 해제되었습니다.]

[검술 마스터리 : 1%(E랭크)]

[최초의 검술 창조자]

[특전 확인]

[획득 스테이터스 10% 상승]

[관련 스킬 : 검술]

[검술 마스터리 습득률 15% 상승]

[검술 스킬 위력 5% 상승]

아팠던 손바닥의 상처가 마치 옅게 칼에 베인 정도의 아픔만을 남기고 사라졌다.

빠르게 회복되는 체력. 거칠게 흐르던 호흡이 단숨에 진정됐다.

무열은 놀란 표정으로 빛나는 메시지창을 바라보며 중얼거렸다.

"스, 스킬 창조……?"

3장
스킬 창조자

"부대 정렬!!"

강찬석은 목청껏 소리쳤다. 그의 얼굴엔 여기저기 상처가 나 지쳐 보였지만 그보다 더 많은 사체가 발아래 쓰러져 있었다.

"끝난 건가……."

"제길, 저 녀석들……."

"후아……."

사람들은 그 말에 온몸을 죄고 있던 긴장감을 드디어 내려놓을 수 있었다.

"지금부터 피해 상황을 보고한다."

외침에 여기저기 분주하게 나뉘어 있던 사람들이 주변으로 모이기 시작했다. 거점 앞 울타리 너머에는 리자드맨들이 아직도 남아 있었다.

모이는 사람들은 녀석들을 바라보며 아직 불안한 얼굴로 말했다.

"형님, 어쩐지 갑자기 몬스터들이 강해진 것 같지 않습니까?"

시신을 수습하고 전열을 가다듬을 수 있는 시간이라도 있으면 다행이라고 생각하던 강찬석은 들것에 실려 나가는 사람들을 보며 입술을 깨물었다.

"몇 명이나 다쳤지?"

"……죽은 사람이 다섯이고, 전투 불능이 스무 명은 됩니다."

꽈악.

태도를 잡은 손에 힘이 들어갔다. 남아 있는 사람들은 몬스터 웨이브를 통해 사냥으로 획득한 스테이터스에 기뻐할 수 없었다. 지금은 죽은 자들을 위로할 시간조차 없었으니까.

"강해진 게 아니야. 평상시 녀석들이었으면 이미 끝났어야 해."

강찬석은 아직도 남아 있는 몬스터들을 바라보며 생각했다.

지금까지와는 분명 달랐다.

'이상하다.'

몬스터들이 울타리 밖에서 마치 대기하는 것처럼 기다린 적은 반년 동안 단 한 번도 없었다.

'마치 체계가 잡힌 군대 같잖아.'

그때였다. 경고문처럼 붉은색 글씨로 생성된 알림창이 깜빡이며 사람들의 머리 위에 생성되었다.

"뭐……?!"

"이게 무슨 소리야!!"

"말도 안 돼……!!"

메시지를 보는 순간 사람들은 경악했다. 이제야 끝났다고 생각했던 그들을 마치 비웃는 것처럼 알림창은 계속해서 깜빡였다.

"몬스터 웨이브는 하루에 한 번 아니었어?"

"왜 또 시작이야!!"

사람들은 갑자기 울리는 알림창에 패닉에 빠진 듯 소리를 지르기 시작했다.

쿵, 쿵, 쿵.

츠르륵―― 츠르륵―― 츠르륵――

하지만 그들의 외침도 지축이 흔들리는 소리와 함께 사라졌다. 울타리 너머에 기다리고 있는 리자드맨들과 함께 만유숲에 있는 내림천에서 리스폰(Respawn)된 몬스터들이 천천히 거점 주변으로 모이기 시작했기 때문이었다.

"이 새끼들……!!"

"어떻게 하죠? 형님?"

점차 늘어나는 몬스터의 수.

처음 이곳으로 징집된 이후 사람들은 우왕좌왕하며 몬스터들에게 도륙당했다.

하지만 이내 사람들은 현실로 돌아가는 방법을 찾는 대신 강찬석을 중심으로 하여 거점을 세우고 자신을 지구로 돌려보내 줄 권좌의 왕이 탄생하기를 기다리며 안전지대를 구축하는 데에 힘썼다.

그렇게 시간이 흘러 이젠 쉬운 사냥감이라고만 생각했던 리자드맨들이 이렇게 위협적으로 보일 수 있으리라곤 상상도 하지 못한 일.

거점에 있는 사람들의 머릿속에 같은 생각이 떠오르고 있었다.

세븐 쓰론(Seven Throne).

'이곳에 안전지대란 없다.'

"진형을 갖추고 대비한다. 걱정 마. 지금까지 잘해왔잖아. 한수랑 민혁이는 사람들을 데리고 울타리를 보강하고."

"알겠습니다."

"네."

강찬석의 명령에 사람들은 다시 분주하게 움직였다. 강찬석은 차마 저들에게 내보일 수 없는 불안감을 안고 흔들리는 눈빛으로 몬스터들을 바라봤다.

'살 수 있겠지……?'

어쩐지 팔 한쪽이 욱신거리는 기분이었다.

"상태창."

무열은 떨리는 목소리로 말했다.

이름 : 강무열

랭크 : E

근력 : 32(26)

민첩 : 34(27)

체력 : 35(28)

마력 : 0

〈버프〉

[라이칸 폐광 최초 발견자]

[최초의 검술 창조자]

〈전투 스킬〉

검술 마스터리 : 1%(E랭크)

–강검술 : 1%

〈생산 스킬〉

"정말이잖아……?"

그는 눈으로 보고도 믿을 수 없다는 듯 헛웃음을 지었다.

미래의 이강호가 창시한 강검술은 확실히 지금은 존재하지 않는 검술이었다.

'그렇기 때문에 내가 창조자가 됐다는 말?'

무열은 생각이 거기까지 미치자 자신도 모르게 부르르 몸을 떨었다.

꿀꺽.

무열은 자신도 모르게 마른침을 삼켰다.

단 한 번뿐이었지만 무열은 완벽하게 느낄 수 있었다.

[크아아아아아!!!]

서걱.

폐광 안쪽에서 튀어나온 삶을 향해 무열이 고개도 돌리지 않은 채 검을 세워 찔러 넣었다. 정수리에서부터 목 줄기를 관통하며 검이 튀어나왔다.

츠으으으윽……!!

몬스터의 사체가 재가 되며 흩날리는 순간 또다시 메시지 창이 떠올랐다.

[민첩이 1 Point 상승하였습니다.]

확실했다.

온몸으로 느껴지는 성장.

몸 안의 뼈와 근육, 그리고 세포마저 새로이 재구성되는 기분이었다. 과거처럼 더디게 오르던 포인트가 아니었다. 몸소 체감할 수 있을 정도였다.

"진짜야……."

자신이 죽기 전까지 공개되었던 스킬들. 그 당시에는 별것 아니라고 생각되었지만 지금은 전혀 나타나지 않은 것들.

'오로지 나만이 알고 있는 스킬…….'

과거, 강검술과 교섭술을 포함해서 몇 안 되는 스킬밖에 익히지 못했다고 한탄을 했던 그의 입장이 완전히 바뀌는 순간이었다.

고작 몇 안 되는 스킬이라 생각했다.

'아직 발견되지 않은 스킬들을 나는 알고 있다. 그리고 앞으로 얻게 될 능력까지 합친다면?'

쿵, 쿵.

같은 심장의 울림이었지만 폐광에 들어갈 때까지만 하더라도 느꼈던 긴장감이 두근거림으로 바뀌는 순간이었다.

전율이 온몸을 휘감았다.

씨익.

"기다려라."

무열은 거침없이 던전 안을 달리기 시작했다.

부욱.

무열은 입고 있던 옷소매를 입으로 잡아 뜯었다. 그러고는 능숙한 솜씨로 자신의 어깨에 난 상처와 손등에 물린 부분을 옷으로 감았다.

[붕대법을 익혔습니다.]
[완벽한 붕대법!]
[습득 포인트 증가 10%]
[붕대 회복력 증가 10%]
[습득률 : 1%]

그 순간 '띠링' 하는 소리와 스킬 습득을 알리는 메시지창이 떠올랐다.

"으흠, 이건 창조자까진 아닌가. 하긴 붕대법은 그때나 지금이나 크게 다르지 않으니까."

훈련소에서 배운 대로 붕대를 감고 난 뒤에 무열은 아쉬운 듯 입맛을 다셨다.

'하지만 마력을 익히면 다르지.'

상처를 치유하는 방법은 여러 가지가 있다.

대표적인 것이 마법을 통한 힐링(Healing)이었지만 마력을 획득하는 사람도 많지 않거니와 자신의 마력을 소모해서 타인을 치료해 주는 사람은 더 희소했다.

그다음이 포션(Potion).

연금술을 습득한 사람들이 만들 수 있는 약물. 회복량도 높고 소지도 할 수 있기에 사람들에게 인기가 많았지만, 만드는 재료도 복잡하고 연금술은 마력보다 더 희귀했다.

전투 스킬이 아닌 생산 스킬이기 때문에 훈련을 통한 습득밖에 없었다.

'현실에서 화학자였던 사람들이나 가능했다던데. 역시 그건 힘들겠지.'

어차피 무열은 포션에 대한 건 생각도 하지 않았다. 무엇보다 비쌌다. 그렇기에 가장 많은 인기를 얻게 된 치유법이 바로 '마력이 담긴 붕대'였다.

일반 천에 불과한 붕대에 마력을 주입해서 힐링 효과를 높인 아이템으로 안전한 거점에서 만들 수 있다는 장점에 딱히 재료도 들지 않아 가격도 높지 않았다.

덕분에 한때 마법사들 중 전투를 거부하던 사람들은 후방에서 지원부대로 붕대를 생산하기도 했다.

하지만 그것도 한참 더 지나야 하는 일.

'내가 앞당기겠다.'

무열은 입가에 슬쩍 미소를 띠며 눈앞에 있는 닫힌 문을 바라봤다.

보스의 방.

'라이칸스로프. 드디어 여기까지 왔어.'

무열은 천천히 회복되는 어깨와 손등을 바라보다 감았던 붕대를 풀었다.

[붕대법이 1 Point 상승하였습니다.]

삶들이 할퀸 상처가 제법 아물어 있었다.

같은 붕대법이라도 무열이 사용하는 방법은 확실히 달랐다. '완벽한'이라는 타이틀이 붙는 순간 효과도 올라가니까.

부웅.

무열이 검을 한 바퀴 돌렸다. 15년 동안 전장에서 검을 쥐었을 때도 여전히 서툴렀던 그때와 달리 점점 더 손에 감기는 느낌.

[검술 마스터리 : 25%(E랭크)]
-강검술 : 10%

고작 이틀 만에 검술 마스터리가 25%나 올랐다.

최초의 검술 창조자.

"타이틀의 효과가 이렇게나 대단할 줄은 정말 상상도 하지 못한 일이야."

포인트가 상승할수록 체감은 더욱더 강해졌다. 거기에 15년간의 기억과 훈련법은 그 속도를 더 높여주었다.

'내가 죽기 전에 겨우 D랭크였는데……'

믿을 수 없는 속도로 올라가는 포인트를 보며 무열은 생각했다. S랭크도 정말 도달할 수 없는 벽이 아니었다는 걸.

그그그그그그극…….

무열이 손을 들어 올리자 닫혀 있던 문이 열린다.

폐광의 마지막 층.

[크아아아아!!!]

기다렸다는 듯이 그 안에 있던 날카로운 이빨이 무열을 향해 빛났다.

콰카카캉!!!!

불꽃이 사방으로 튀면서 무열의 몸이 휘청거렸다. 발을 들여놓자마자 습격해 오는 날카로운 공격이었지만 그는 휘청거렸을 뿐 쓰러지진 않았다.

막았다. 녀석의 공격을.

"흐웁!!"

숨을 내뱉으면서 그는 앞을 직시했다.

[크르르르…….]

자신보다 못해도 2배는 더 클 것 같은 덩치에 지금까지 폐광 안에서 잡은 삵들과는 비교도 할 수 없을 정도로 거대한 송곳니.

이곳은 거점 주변에서 가장 난이도가 높은 던전이었기에 강찬석조차 엄두를 내지 못한 곳이었다.

"쳇…… 조금 얕았나."

무열은 라이칸스로프의 어깨에 난 상처를 보며 인상을 찡그렸다. 조금만 더 깊게 박혔으면 대미지를 줄 수 있는 상처였지만 여기까지 오면서 E급 강철검의 날이 망가질 거라고 생각하지 못한 게 실수였다.

"하지만……."

녀석의 공격을 막은 어깨가 욱신거렸다.

하지만 라이칸스로프는 그보다 더 지금 상황을 믿을 수 없다는 듯 경계를 하고 있었다.

"할 만해."

녀석의 공격을 막으면서 입힌 상처. 그것 하나만으로도 이미 전세는 달라졌다. 녀석의 공격을 읽을 수 있다는 뜻이니까.

파앗-!!!

무열이 어둠 속에서 발을 굴렀다.

'지금 내 체력으론 기껏해야 두 번이 한계다.'

상처가 난 라이칸스로프의 어깨 쪽 근육이 꿈틀거리며 아무는 것을 보며 그는 생각했다.

'하지만 한 번은 다른 곳에 써야 해.'

결론은 빠르게 났다.

'일격에 끝낸다.'

라이칸스로프. D급 몬스터임에도 불구하고 C급을 뛰어넘는 탁월한 재생력 때문에 골치 아픈 녀석이었다. 아마 지금이라면 거점 안에 있는 그 누가 도전한다 하더라도 실패할 것이다.

단 한 사람.

'실전을 위해 훈련소에서 각종 몬스터를 잡아본 게 이런 식으로 도움이 될 줄이야.'

15년 뒤엔 라이칸스로프는 그다지 강한 몬스터로 분류되지 않는다.

훈련 상대.

물론, 지금의 몸으로 녀석을 잡는 건 어려운 일이다.

하지만 녀석의 약점을 유일하게 알고 있는 무열만은 그 어려움을 뛰어넘을 수 있다.

[크아아아아!!!!]

순간 무열의 속도를 뛰어넘는 가속도로 라이칸스로프가 날카로운 손톱을 치켜세우며 무열을 향해 달려들었다.

약 100m.

순식간에 좁혀지는 거리는 확실히 D급을 뛰어넘는 수준이었다.

콰앙-!!!

라이칸스로프의 발톱이 조금 전 무열이 있던 자리를 완전히 박살 냈다.

사방으로 튀는 돌덩이들.

하지만 그곳에 있어야 할 무열이 없었다.

훈련소에서 수없이 익혔던 사냥법.

'지금이다!!'

무열은 들고 있던 검을 있는 힘껏 몸 안쪽으로 잡아당겼다. 옆구리가 출혈로 붉게 물들어 있었다. 부족한 민첩 때문에 녀석의 공격을 완벽하게 피하는 건 불가능했었다.

'하지만 이걸로 충분해.'

바로 등 뒤, 녀석이 뒤를 돌아보기 직전. 무열이 먼저 라이칸스로프의 목덜미 뒤쪽에 검을 찔러 넣었다.

척추로 이어지는 관절의 한 부분.

딱 한 곳.

바로 거기가 녀석의 약점이었다.

[크륵…… 크르륵……!!]

라이칸스로프의 몸이 휘청거렸다.

확실히 지금까지와는 달랐다. 라이칸스로프는 결국 회복도, 등에 달라붙은 무열을 떼어내지도 못하고 주저앉았다.

"하아아압!!!"

그 틈을 놓치지 않고 무열이 있는 힘껏 검을 밀어 넣자 녀석의 목젖을 뚫고 E급 강철검이 튀어나왔다.

파캉-!!

그와 동시에 힘을 이기지 못한 검이 산산조각이 나며 부서졌다.

쿵……!!

부서진 검과 함께 무너지는 라이칸스로프.

녀석의 몸이 바닥에 처박히는 순간 무열은 참았던 숨을 토해내었다.

"헉……헉…… 헉……!!"

[라이칸스로프 사냥에 성공하였습니다.]

[던전을 클리어했습니다.]

[솔로 클리어 특전]

[획득 스테이터스 포인트 증가 2배]

[근력이 16 Point 상승하였습니다.]

[민첩이 16 Point 상승하였습니다.]

[체력이 16 Point 상승하였습니다.]

황금빛의 메시지창과 함께 녀석의 사체가 재로 변하면서 사라졌다.

"성공했다……."

무열은 떨리는 손으로 바닥을 짚으며 주저앉았다.

삵들에게서 드랍됐던 것과는 비교할 수 없는 커다란 보랏빛 마석이 바닥에 떨어졌다. 하지만 마석보다 더 눈에 들어온 것.

'나왔다.'

무열은 자신의 앞에 있는 커다란 곡도를 바라보며 입꼬리를 올렸다.

쫘악.

하지만 던전을 클리어했다는 쾌감도 잠시, 그는 지체 없이 바닥에 있는 곡도를 움켜쥐었다. 자신이 이곳에 온 진짜 목적은 겨우 보스 몬스터를 잡기 위함이 아니었으니까.

"후읍……!!"

숨을 다시 한번 들이마신 뒤.

쾅-!!! 콰쾅--!!!!!

자신의 키만큼 거대한 곡도를 양손으로 쥐고 머리 위로 당긴 그는 망설임 없이 그대로 폐광 안쪽 벽을 향해 검을 내려쳤다.

보스가 드랍한 거대한 곡도를 쥐는 순간 무열의 앞에 푸른색으로 아이템 창이 나타났다.

[라이칸스로프의 발톱]

등급 : D급(레어)

분류 : 도검

내구 : 100

효과 :

근력+5

공격한 적에 출혈 효과

   D등급 아이템이지만 레어다. 근력+5의 효과는 초반인 지금은 엄청난 버프인데, 거기에 출혈 효과까지 있었다.

   검 손잡이를 잡은 무열의 손에 더욱 힘이 들어갔다. 죽을 때까지 E급 강철검에서 벗어나지 못했던 자신이 처음 얻은 레어템. 묵직한 무게를 느끼면서 무열은 묘한 기분이 들었지만 고개를 저었다.

   그렇다.

   "감상에 빠질 시간 따윈 없다."

   무열이 자세를 잡았다.

   마지막 한 번. 지금을 위해서 아껴둔 강검술을 펼쳤다.

   "흐아아아압!!!!!!"

   폐광 뒤쪽. 그냥 보면 누구나 지나쳐 갈 곳이었다. 던전을 클리어하고 보상을 얻고 나면 당연하게 드는 생각은 '돌아가는 일'이었으니까.

하지만 딱 한 명, 괴짜라고 불리기엔 너무 천재적이었던 사람.

'그 때문에 단명했지만.'

자신의 삶조차 마음대로 할 수 없는 게 또 인생이라던가. 무열 그 자신도 그랬으니까.

'하지만 그 사람은 달랐지.'

자신의 죽음마저 스스로 결정한 남자.

새하얀 피부에 호리호리한 체격. 자신보다 더 많은 전장 속에서 살았지만 정작 검을 들진 않았다.

때문에 무열이 그의 얼굴을 본 것은 딱 한 번뿐이었다.

'최혁수.'

이강호의 책사. 이강호를 만난 지 고작 3년 만에 그의 손아귀에 3거점이 있던 이 만유숲 일대를 넣어준 사람.

생각을 뒤집는 발상과 도박에 가까운 전술은 보는 이로 하여금 불안하게 만들었지만, 신기하게도 결과는 언제나 승리.

하지만 문제도 컸다. 불나방 같은 성격에 아군을 사지에 몰아넣고서라도 승리를 쟁취하려는 그의 생각은 적어도 부대원들에겐 공포의 대상이었다.

무열도 마찬가지. 이 작전을 하다 죽을 뻔했으니까.

'그렇게 욕하던 당신이 생각해 낸 전략을 내가 스스로 쓰게 될 날이 올 줄이야.'

그중에 하나.

쾅---! 쾅!! 쾅---!!!!!

강검술의 연계기가 돌덩이에 막혀 있던 벽 귀퉁이에 정확하게 들어갔다.

둔탁한 폭발음이 폐광 안을 울렸다.

그 순간.

쿠르르르르르르르......

뒷벽이 으르렁거리는 소리와 함께 위태롭게 흔들렸다.

쩌적...... 쩌저적---!!

무열의 검이 닿은 부분 주위로 거미줄처럼 금이 갈라지기 시작했다. 처음에 한 줄기, 그다음엔 두 줄기였던 금이 순식간에 사방으로 퍼지면서 무열의 앞을 가로막고 있던 벽 전면을 덮었다.

꿀꺽.

중요한 건 지금부터.

무열은 순간 갈라진 벽을 통해 흘러나온 차가운 습기가 코끝에 닿는 것 같았다.

'됐다.'

무열은 생각했다.

던전 파괴(Dungeon Break).

그 누구도 던전을 부숴 지형을 바꿀 수 있을 것이란 생각은 하지 못했다. 어떻게 이런 발상을 할 수 있는지, 정말 최혁수의 머리는 놀라울 따름이다.

하지만.

'여기서 죽은 내 동료들.'

이강호에게 승리를 안겨다 준 계책이었지만 그로 인해 희생당한 병사들.

결국, 병사는 장기말에 불과했다.

자신 역시.

'이제 곧 던전이 무너진다.'

이번엔 그렇게 되지 않으리라.

무열은 더 이상 지체하지 않고 달리기 시작했다.

계속해서 따라오는 습한 기운이 코끝을 간지럽혔다.

폐광의 바로 뒤, 거기엔 3거점까지 이어지는 산봉 내림천의 시작이라 할 수 있는 거대한 폭포가 있다.

"젠장!! 밀려온다!!"

"어서 오른쪽 울타리 보수해!!"

"늦었습니다! 곧 뚫립니다!"

끝나지 않는 몬스터 웨이브. 삼 일째가 된 오늘, 3거점은 폐허에 가까운 아수라장이었다.

차캉!! 차앙-!!!

콰앙-!!!

여기저기에서 들려오는 검이 부딪치는 소리.

사람들의 비명과 폭음 속에서 리더인 강찬석은 자신의 말조차 내팽개치고 울타리 앞을 막아서며 소리쳤다.

"물러서지 마라!!!"

막사 안엔 아직 사람들이 있다.

호기로운 그의 외침에도 불구하고 사람들은 서서히 뒷걸음질 치고 있었다.

"크윽-!!"

강찬석은 고개를 들었다.

눈앞에 남아 있는 몬스터들. 언뜻 봐도 그 숫자가 100을 훨씬 넘었다.

"이제 끝이야······."

"도망갑시다! 대장!!"

"여길 지켜봐야 개죽음입니다!"

창그랑.

바닥에 떨어진 검날이 파르르 떨리는 소리를 냈다.

공포로 굳어서 옴짝달싹할 수 없던 그때, 그 소리가 시발점이 된 듯 사람들은 너 나 할 것 없이 황급히 막사 뒤로 도망치기 시작했다.

"으······ 으아아아!!"

"같이 가!!"

"멈춰!!"

강찬석의 목소리는 더 이상 그들의 귀에 들리지 않았다.

그럴 수밖에.

기껏해야 검을 쥔 게 반년. 검술이든 무술이든 제대로 배운 사람은 그 안에 없었다.

공포심.

그런 이들에게 가장 무서운 것이 바로 이것이다.

지금까지는 사냥을 하는 입장이었다면 오히려 반대의 처지가 되었다.

절망적인 상황.

울타리 뒤편으로 나가도 죽는다는 것을 알면서도 패닉에 빠진 사람들은 진영을 버리고 사방으로 달렸다. 하지만 밀치고 잡아채면서 엉키기 시작한 사람들은 그저 몬스터에겐 좋은 먹잇감이었다.

"사…… 살려줘."

"크아아아아!!"

학살당하는 사람들을 보며 강찬석은 분노 가득한 일격을 날렸다.

리자드맨의 목이 공중으로 날아가며 붉은 피가 뿌려졌다.

"헉…… 헉…….."

필사적으로 발악해 보지만 제아무리 그라 할지라도 100이 넘는 몬스터를 모두 상대할 순 없었다.

"안 돼…….."

비릿하고 역겨운 피 냄새가 사방에 퍼지는 순간, 강찬석마저 자신의 태도가 무겁게 느껴졌다. 손잡이를 쥐고 있던 손이 풀리며 주저앉아 버릴 것 같은 그때였다.

촤아아아아아———!!!

거대한 파도처럼 강렬한 물결이 순식간에 거점 앞을 휘몰아치며 몬스터의 후위를 덮쳤다.

"쿠에에엑……!!"

"쿠르락!!!"

"크르르르…… 크라라락!!!!"

제아무리 물에 강한 리자드맨이라 할지라도 거대한 물살 앞에선 중심을 잡지 못했다.

순식간에 뒤에 서 있던 절반에 가까운 몬스터들이 사방으로 흩어지며 사라졌다.

"이…… 이게 무슨."

기적과도 같은 그 광경에 강찬석은 입을 다물지 못했다.

그 순간, 저 멀리 울타리 너머 보이는 한 사람. 모두의 시선이 그에게로 쏠렸다. 몬스터 역시 마찬가지.

"하아…… 하아…… 하아…….."

숨이 턱까지 차올랐다. 심장이 터져 버릴 것 같은 기분이다.

지칠 대로 지친 모습. 너덜너덜해진 옷과 땀에 흠뻑 젖은 얼굴.

부웅——!!!

등에 멘 거대한 곡도를 뽑아 들며 공중을 향해 들어 올리자 마치 개전을 알리는 나팔 소리처럼 곡도에서 바람이 일었다.

사람들이 아직 살아 있다는 것을 본 순간, 무열은 언제 힘들었냐는 듯 거친 숨을 토해낸 뒤 소리쳤다.

"반격 시작이다!"

4장
무열, 등장하다

"이게 무슨 일이람⋯⋯?!"

"누구야, 저거?"

"저기⋯⋯ 저 사람!"

도망을 치던 사람들이 무열을 바라보며 소리쳤다.

그중에서도 가장 놀라는 한 사람.

"어⋯⋯?!"

김씨는 조금 전 도망치려고 던져 버린 창을 다시 주섬주섬 주우면서 말했다.

"저 녀석이 어째서⋯⋯."

"뭐야? 아는 녀석이야?"

"알긴 뭘 알아. 그냥 헛소리나 하던 녀석인데."

그렇게 말하던 김씨는 자신도 모르게 손으로 입을 틀어막았다.

'근데 내가 그때 뭐라고 했더라?'

삼 일 전 자신을 아는 척하던 무열에게 호되게 소리를 쳤던 기억이 떠올랐기 때문이었다.

'켁!!! 그때만 해도 그냥 이상한 녀석이라고 생각했는데…….'

그런 그가 터무니없는 짓을 하고 말았다.

이상하다는 말을 뛰어넘을 정도로 터무니없는 짓. 하지만 그건 나쁜 쪽이 아니다. 전율을 느낄 정도로 기쁜 일.

전세 역전.

죽음의 위기에서 이렇게 살아남을 수 있으리라 상상이라도 했는가.

부우웅—

무열은 '라이칸스로프의 발톱'을 한 바퀴 크게 머리 위로 돌렸다.

"크르르르르르……!!"

순식간에 자신들을 휩쓸어버린 물살 뒤에 서 있는 무열을 보며 리자드맨들은 경계하듯 으르렁거렸다.

'다행이야.'

주위를 살핀 무열은 낮은 한숨을 내쉬었다.

반쯤 울타리가 무너진 거점 안에 보이는 사람들. 몬스터 웨이브 삼 일째. 아슬아슬했지만 시간을 맞췄다.

'아직 리자드킹이 리스폰되진 않은 모양이군.'

보이는 몬스터는 평범한 리자드맨들뿐.

'그래도 여전히 많아.'

물살에 휩쓸려 흩어졌다지만 여전히 수십 마리가 남아 있었다.

'원래대로라면 이 물살에 휩쓸리는 건 몬스터가 아니라 사람이 됐었겠지.'

과거에 이곳은 휀 레이놀즈와 이강호의 군세가 맞붙었던 전장. 최혁수의 계책으로 라이칸 폐광을 무너뜨리며 폐광이 막고 있던 폭포의 물길이 이곳으로 향했다.

'그 물살에 휩쓸려 진형이 무너지고 결과적으론 이강호의 승리로 이어졌지.'

무열은 그때 그 전술을 그대로 몬스터에게 사용한 것이었다. 어쩌면 그는 휀 레이놀즈의 군세에 합류해 이곳에서 죽었을지도 모를 사람들의 목숨까지도 구하게 된 셈인지 모른다.

"그럼 이제 남은 건……."

저벅.

한 걸음 내디뎠다.

"크르…… 크르르르……."

동료들이 사라졌음에도 불구하고 전열을 가다듬은 리자드맨들은 창날을 드리우며 무열을 향해 달려들기 시작했다.

"이긴다."

무열의 눈빛이 빛났다.

스팟――!!

발을 비트는 순간 팔이 늘어난 것처럼 커다란 곡도가 순식간에 궤도를 바꾸며 머리 위에서 지그재그로 흩뿌려졌다.

"흡……!!"

온몸에 힘이 들어갔다.

펼쳐지는 강검술에 곡도가 번뜩였다.

서걱-!!

스가가가각――!!!!

비명조차 제대로 지르지 못하고 두 동강이 나버린 몬스터의 사체.

쿠웅-!!

그리고 그 옆으로 내려친 곡도가 육중한 소리를 내며 땅에 박혔다.

"하아…… 하아……!!"

무열이 거친 숨을 몰아쉬었다.

'……저 녀석 정체가 뭐지?'

'3거점에 저런 사람이 있었나?

막사 안에서 무열을 바라보는 사람들은 그의 움직임 하나하나에 혀를 내둘렀다. 거칠 것 없는 곡도의 움직임은 검술에 검 자도 모르는 사람이 봐도 검을 배운 사람이 아니고선 할 수 없는 경지라는 걸 느낄 수 있었다.

"대단해⋯⋯."

무열의 전투에 넋을 놓고 바라보는 사람들과 달리 강찬석만은 다른 의미로 놀란 기색이 역력했다.

'분명⋯⋯.'

알고 있는 얼굴이다. 몇 달 전에 거점으로 왔을 때만 하더라도 강찬석의 기억 속에 무열은 그동안 살아 있었던 것이 다행이라 생각될 정도로 유약했던 사람이었다.

'내가 잘못 본 건가⋯⋯?'

막사 안에서도 크게 눈에 띄지 않아서 자신이 꾸린 거점에 자리를 마련해 주고 난 뒤엔 딱히 신경을 쓰지 않았다. 그리고 그 뒤로도 이렇다 할 보고를 받은 적도 없었다.

그런 그의 갑작스럽고 대담한 행동. 아니, 행동을 넘어선 실력.

자신은 따라 할 수 없는 아우라를 무열은 품고 있었다.

'무슨 일이 있었던 거지? 완전히 다른 사람 같잖아.'

강찬석은 도무지 이해할 수 없다는 눈빛으로 그를 바라봤다.

하지만 적어도 한 가지. 인정하지 않을 수 없는 사실이 있다.

'덕분에 살았다.'

이제 끝이라고 생각했던 상황에서 무열이란 존재의 등장은 광명과도 같은 희망이었다.

'목숨을 빚겼군⋯⋯.'

죽음의 문턱에서 살아 돌아온 기분은 경험해 보지 못한 사람은 절대로 모를 일이었다.

이것이야말로 갚을 수 없을 만큼 큰 빚.

강찬석은 리자드맨을 사냥하는 무열을 바라보며 낮은 목소리로 중얼거렸다.

"이름이 분명⋯⋯."

그는 마치 이름을 기억하려고 하는 것처럼 무열의 이름을 다시 한번 곱씹었다.

"강무열이라고 했었지."

[크⋯⋯ 크륵!!!]

리자드맨의 사지가 갈리며 바닥으로 떨어졌다.

몬스터의 비명 한가운데, 강찬석과 무열의 시선이 서로 교차했다.

"후우⋯⋯."

리자드맨의 목을 곡도로 그으며 무열이 소리쳤다.

"다들 뭐 하고 있는 겁니까!!"

화려하게 나타났지만 사실 또다시 하루 거리를 쉬지 않고 달려온 그의 체력은 이미 바닥이다. 몰아쉬는 거친 숨이 거점의 사람들에겐 들리지 않았지만 곡도를 든 팔이 자꾸만 떨어지고 있었다. 무열이 아무리 뛰어난 버프를 얻었다 하더라도 고작 삼 일밖에 되지 않은 상태. 수십 마리를 한꺼번에 상대한다는 건 어불성설이다.

그러나 다행히도 이미 분위기는 완전히 바뀌어 있었다.

"으아아아아!!!!"

세 마리째 리자드맨의 목을 따는 순간 사람들은 느꼈다.

이길 수 있다.

그것만으로 무열의 존재는 충분한 가치를 지녔다.

승리란, 한 사람에 의해 시작될 순 있어도 이뤄질 수는 없는 것이다.

"당신들 스스로 지켜."

마치 벼락이라도 맞은 듯 그의 말에 거점에 있는 사람들은 충격에 빠진 채 멍하니 그를 바라봤다.

두근.

두근…….

두근———!!!!

저마다의 심장 박동 소리가 자신의 귀에 들리는 것 같은 기분.

무열의 말이 그들을 울렸다.

그 순간, 강찬석의 몸은 생각보다 먼저 움직였다.

한 발짝 자신도 모르게 앞으로 나간 그가 거대한 태도를 들며 소리쳤다.

"모두 공격!!!!!"

촤아아악———!!!

마지막 리자드맨의 목을 베는 순간 붉은 알림창이 상공에 나타났다.

[몬스터 웨이브 : 종료]

"드…… 드디어……!"

사람들은 메시지를 보는 순간 긴장이 풀린 듯 그 자리에 주저앉고 말았다.

"살았어……!!"

"으아아아아!!!"

"이겼다!!"

환호성을 지르는 사람들과는 달리 무열은 자신의 주위에 즐비한 몬스터의 사체를 바라보며 생각했다.

'드디어…….'

후들거리는 다리. 무열은 그 자리에서 주저앉았다. 자신을 단단하게 당기던 긴장감이 풀어지자 그 역시 다른 사람들과 마찬가지로 피로가 몰려왔다.

"후우…….."

하지만 그 피로보다 그의 마음을 강하게 울리는 것.

'더…… 강해지고 싶다.'

지금은 15년 전의 실력에도 못 미친다.

환호하는 사람들의 모습을 보며 무열은 욕심이 생기기 시작했다.

'지금이라면 한 달 안에 지난 삶에서 달성했던 수준까지 검술을 끌어올릴 수 있을 거 같다.'

15년 동안 전장에서 살아남게 해준 검술. 그때는 별거 아니었을지 모르지만 지금은 다르다. 그리고 그 수련법은 이미 자신의 머릿속에 다 들어 있지 않은가.

"상태창."

이름 : 강무열

랭크 : E

근력 : 56(+5)

민첩 : 49

체력 : 60

마력 : 0

〈버프〉

[라이칸 폐광 최초 발견자 : 4일] -미적용

[최초의 검술 창조자]

〈전투 스킬〉

검술 마스터리 : 27%(E랭크)

-강검술 : 15%

붕대법 : 15%(E랭크)

〈생산 스킬〉

무열은 자신의 스테이터스를 보며 살짝 입꼬리를 올렸다.

그가 죽기 전 마지막 근력 수치가 기껏해야 135였다는 게 떠올랐다.

'고작 며칠 만에 그 절반 가까이 따라왔어.'

엄청난 성장 속도. 과거의 삶이었다면 꿈에도 생각하지 못한 일.

'어쩔 수 없는 선택이었지만 폐광을 부순 게 아쉽긴 하군. 남은 며칠 더 사냥을 했으면 포인트를 획득할 수 있었을 텐데.'

무열은 입맛을 다셨다.

하지만 그건 걱정거리가 되지 못했다. 15년간의 기억, 그 안엔 지금까지 발견되지 않은 던전의 위치뿐만 아니라 던전의 난이도까지 들어 있었다.

'모두 클리어해 나간다.'

지금이라면 미래의 히든 이터(Hidden Eater)라고 불리는 카토 유우나보다 더 많은 정보를 알고 있는 무열이었으니까.

고작 폐광 하나로 만족할 수 없다. 아직 열리지 않은 수많은 던전이 그를 기다리고 있었다.

'하지만 지금은…….'

무열의 눈매가 살짝 들렸다. 울타리 밖에서 천천히 걸어가고 있는 그의 눈에 들어온 한 사람.

"괜찮으십니까."

바로 강찬석.

"정말 감사합니다."

이렇게 가까이 서 있으니 자신보다 머리 하나는 더 큰 거구의 키에 무열은 살짝 위압감마저 느껴졌다.

항상 멀리에서만 봤었기 때문에 몰랐었다.

'이렇게 눈앞에서 그를 만나게 되는군.'

강찬석은 이미 그의 이름을 알고 있다는 듯 고개를 끄덕이며 손을 내밀었다.

"덕분에 살았습니다. 어떻게 은혜를 갚아야 할지……."

악수를 위해 건넨 자신의 손을 물끄러미 바라보는 무열의 모습에 그가 고개를 갸웃거렸다.

"혹시 뭐 이상한 거라도……?"

"아닙니다."

무열은 미소를 띠었다. 강찬석이 양팔을 온전하게 가지고 있다는 것이 어떤 의미인지는 본인조차 모를 테니까.

"뭐, 이왕 은혜를 갚으실 거면 일어나는 데 도움을 좀 주시겠습니까? 보다시피 이 모양이라……."

그의 말에 강찬석이 씩 웃으며 주저앉아 있는 무열의 팔을 잡아당겼다.

무쌍을 일으킨 사람이라 생각했는데, 막상 이렇게 보니 그 역시 자신과 같은 사람이구나 하는 생각이 들었다.

"욱……."

손을 맞잡는 순간 강찬석이 살짝 인상을 찡그렸다.

무열의 손바닥에 붉은 피가 묻었다.

"상처가 심하군요."

"아닙니다. 괜찮습니다."

손을 숨기는 강찬석을 보며 자리에서 일어선 무열은 주머니에서 낡은 붕대를 꺼냈다.

"잠시만."

물집이 터지고 마치 쓸린 것처럼 붉게 변한 손바닥엔 다행히 베인 상처는 없었다.

무열은 그 상처를 보니 감회가 새로웠다. 자신 역시 그랬으니까.

"이건 검을 잡는 방법이 잘못돼서 그런 겁니다. 특히 무게가 나가는 태도라면 더더욱 그렇죠."

"그런 검술은 처음 봅니다. 혹시 그 스킬북이란 걸 얻으신 겁니까?"

강찬석은 그렇게 말하면서 무열의 얼굴을 살폈다. 아무리 봐도 자신보다 어려 보이는 앳된 얼굴. 그렇다면 답은 하나다.

스킬북(Skill Book).

반복적인 훈련을 통해 습득하는 생산 스킬과 달리 전투 스킬은 몬스터에게서 랜덤하게 떨어지는 스킬북을 통해 얻을 수 있다.

강찬석도 풍문으로만 들었을 뿐이다. 세븐 쓰론이 시작된 지 고작 반년밖에 되지 않은 시점에서 몬스터에게서 스킬북을 얻은 사람은 극소수에 불과하니까.

S랭커까지 오르는 그 역시 지금은 단지 순수한 감으로 전투를 할 뿐이다. 하지만 고작 스무 살밖에 되지 않은 그에게서 느껴지는, 수년간 전장에서 살았던 것 같은 여유로움은 단지 스킬을 얻는다고 해서 되는 일이 아니었다.

"별거 아닙니다."

무열은 강찬석의 물음에 대수롭지 않은 듯 말했다.

"가, 감사합니다……."

하지만 붕대를 감는 솜씨가 너무 꼼꼼해서 순식간에 통증이 사라지는 기분이었다. 강찬석은 주먹을 몇 번 쥐었다 폈다 하면서 신기한 듯 자신의 손을 바라봤다.

"덕분에 거점을 다시 복구할 시간을 얻었습니다. 다친 사람도 많아서……."

안도의 한숨.

그 순간.

"거점은 포기하는 게 나을 겁니다."

"네?"

반대쪽 손에 붕대를 감으면서 무열은 지나가는 투로 말했다. 하지만 그 말에 담긴 내용은 절대로 그냥 지나칠 수 없는 내용이었다.

"못 지킬 겁니다."

"그게 무슨……. 이제 겨우 이곳에 정착했습니다. 저 사람들이 보이지 않습니까?"

강찬석의 뒤, 거점 안엔 상처 입은 사람들이 두 사람을 바라보며 서 있었다.

꽈악.

"읍?!"

붕대의 매듭을 짓는 순간 전해오는 통증에 강찬석이 움찔거렸다.

"끝난 게 아닙니다."

꿀꺽.

강찬석이 자신도 모르게 마른침을 삼켰다.

"내일."

그날이 떠오른다. 아직도 오싹해 소름이 돋는 것 같다.

무열, 아니, 인류가 세븐 쓰론에 징집된 이후 처음으로 맞이한······.

"필드 네임드. 대륙 전역에 종족 군주들이 소환될 겁니다."

4차 몬스터 침공.

지금까지와는 전혀 다르다.

"그······ 그게······."

강찬석은 손바닥의 아픔도 잊은 듯 무열의 말을 곱씹었다.

"이번엔 못 막을 겁니다."

E급 몬스터인 리자드맨 무리만으로도 이렇게 고전을 면치 못했다. 그런데 거기에 보스까지 더해진다면?

'전멸…….'

그는 무열의 말이 장난이 아니라는 것을 직감했다. 강찬석
은 입술을 꽉 깨물었다.

"그럼 어떻게……."

거점 안에는 아직도 사람들이 있다. 개중에는 전투에 적합
하지 않은 자도 많았다. 자신의 힘으론 그들을 지킬 수 없다.
강찬석은 자신도 모르게 입술을 깨물었다.

"답이 없는 건 아닙니다."

"네?"

그 순간 무열은 아무렇지 않은 듯 덤덤한 표정으로 바닥에
꽂아둔 곡도를 등에 차면서 말했다.

"선수필승."

"이제 끝났습니다. 붕대는 한두 시간 뒤에 푸시면 될 겁니다."

"가, 감사합니다."

양팔에 붕대를 꼼꼼하게 감은 환자가 무열에게 고개를 숙
이면서 말했다.

"와, 예전에 병원에서 일이라도 하셨어요? 이렇게 능숙하
게 하는 분은 처음 봤어요."

막사 안에서 무열을 돕던 중학생쯤으로 보이는 아이가 신

기한 듯 말했다.

"그 많은 사람을 다 봐주시고……. 대단하세요."

순수한 감탄이지만 무열은 그 말에 가볍게 웃을 뿐이었다.

무열이 거점에 들어오자마자 가장 먼저 한 일. 그건 다친 사람들을 치료하는 일이었다.

거점 안엔 붕대로 치료할 수 있는 크고 작은 상처를 입은 부상자만 얼추 백여 명이 넘었다.

[완벽한 붕대법(E랭크)]

깊지 않은 베인 상처나 옅은 화상 정도를 치료할 수 있다.

-붕대 회복력 증가 10%

[습득률 : 90%]

'좋았어. 곧 랭크 업 하겠는걸.'

무열은 붕대법의 습득률을 보며 흐뭇하게 미소를 지었다.

'붕대법은 초반이 가장 어렵지. 랭크가 낮으면 효율이 낮아 쓸 기회가 많지 않으니까.'

하지만 지금은 다르다. 막사 안에 있는 붕대가 동이나 급하게 천을 회수해서 사용할 정도로 무열의 붕대는 지금 그 어떤 치료보다도 효과가 좋았다. 애초에 붕대법을 익힌 사람이 거의 없는 상황이니 말이다.

'피곤하긴 하지만 덕분에 손쉽게 습득률을 올렸어.'

힐링이나 포션에 비해서 효율이 극히 낮아서 사람들이 올리지 않는 스킬.

'하지만 마력 붕대가 나오는 순간부터 달라지지.'

A랭크 붕대법만 되도 어느 정도의 상처는 10분 내외로 치유할 수 있었다.

'뒤늦게 부랴부랴 배운다고 난리가 났었지.'

무열은 과거를 떠올렸다. 때문에 그는 이런 기회를 놓치지 않았다.

"수고하셨습니다. 거점에 오자마자 부상자들을 돌봐주시다니……. 다시 한번 감탄했습니다."

막사 앞에서 기다리던 강찬석이 들어오며 무열에게 말했다.

무열은 자신을 바라보는 그의 눈빛이 달라졌다는 걸 알 수 있었다. 경계가 아닌 존경. 그 모습에 무열은 가볍게 웃었다.

강찬석의 성격을 알고 있는 그가 거점에 오자마자 환자들을 돌보는 자신의 모습을 어떻게 생각했을지는 예상할 수 있었다.

강함보다는 사람들을 배려하는 마음. 바로, 인간다움.

하지만 약한 자가 가진다면 그저 오지랖에 불과하다.

'세븐 쓰론에서 가장 먼저 버려야 할 것이겠지만.'

무열은 그를 잠시 바라봤다.

'당신은 당신답게 그냥 있어주는 것도 나쁘지 않아.'

사람을 끌어모으는 힘.

'실력이 뒷받침된다면 파장을 일으키기 충분하니까.'

그게 강찬석이 이강호를 권좌의 왕에 오르게 만든 능력이란 걸 무열은 알고 있었다.

"조금 전에 하셨던 얘기를 좀 더 듣고 싶습니다."

그가 조심스럽게 말을 꺼냈다. 신경이 쓰일 것이다. 저녁이 되는 시간까지 참고 기다린 것만 해도 대단한 일이었다.

필드 네임드.

던전 안에 보스가 있다는 것을 당연하게 생각하면서도 사람들은 단 한 번도 필드에 보스가 있을 것이라곤 생각하지 않았다. 그렇기 때문에 초급 지역에 거점을 만들었다.

하지만.

'이곳에 안전한 곳은 없다.'

그저 적보다 내가 강해지는 것만이 유일하게 살아남는 방법이다.

"리자드킹 말입니까?"

"그렇습니다."

"어떻게 내일 네임드 몬스터가 나타난다는 걸 알고 계십니까?"

조심스럽지만 자신의 의심을 감추지 않았다.

하지만 그건 무열 역시 마찬가지였다.

'예상했던 질문.'

당연한 일이다. 한 사람의 말만 믿고 부대를 움직일 수는 없을 테니까.

"이건 라이칸 폐광에서 네임드를 잡고 얻은 아이템입니다."

무열은 대답 대신 자신의 옆에 세워둔 거대한 곡도를 보여 줬다.

"라이칸 폐광이라면……?"

강찬석의 눈빛이 흔들렸다. 아직 공략해 볼 엄두도 내지 못했던 곳을 무열 혼자 클리어했다.

"내림천 뒤 언덕에 있는 던전입니다."

무열의 말에 강찬석이 고개를 끄덕였다.

'그건가……..'

그곳에 뭔가 있다는 것은 알았지만 정확히는 몰랐다. 거기까지 탐색을 해볼 생각도 못 했으니까.

"라이칸 폐광에서 나오는 길에 리스폰된 리자드킹을 봤습니다. 몬스터 웨이브가 시작되기 하루 전에 부족 서식지에서 몬스터들이 리스폰된다는 걸 아실 겁니다. 곧 녀석이 움직인다는 말. 목표는 당연히 이곳이겠죠."

"……."

꿀꺽.

무열의 말에 그는 자신도 모르게 마른침을 삼켰다.

'그럴 수밖에.'

일반 몬스터들의 웨이브도 전멸할 뻔했던 그들이었다. 그런데 필드 네임드라니.

강찬석의 머리엔 수많은 상황이 그려지고 있을 것이다.

"지도 좀 보여주시겠습니까?"

"네?"

무열의 물음에 살짝 놀란 듯 그가 되물었다.

"세븐 쓰론이 시작된 지 반년. 그리고 거점이 지어진 지 4개월. 그동안 매일같이 탐색을 하셨던 걸로 알고 있는데요."

"……."

물론 탐색은 거점에 있는 사람 모두 알고 있는 일이었다. 하지만 강찬석은 자신이 지도를 작성하고 있다는 사실만큼은 그 누구에게도 말한 적이 없었다. 게다가 강찬석의 기억엔 기껏해야 한두 달 전에 온 무열이 자신의 비밀스러운 작업을 알고 있음에 놀라지 않을 수 없었다.

'당연히 알고 있지. 그때 당신이 만든 지도를 토대로 최혁수의 작전이 펼쳐졌었으니까.'

무열의 생각을 알 리 없는 강찬석은 자못 놀란 얼굴로 그에게 말했다.

"아직…… 조악합니다만."

그가 품 안에서 꺼낸 종이 한 장.

네 번 접어 조심스럽게 가지고 있던 종이를 강찬석이 무열의 앞에 펼쳤다.

'흐음…….'

사실상 지도라기보다는 메모에 가까웠다.

'역시. 아직 스킬화가 된 건 아니니까. 이 정도가 한계겠지.'

종이엔 X로 중요 지역이 표시되어 있었고 내림천이라든지 언덕 지형이 간략하게 그려져 있을 뿐이었다.

'지도 제작(Cartography) 스킬을 가진 사람은 정말 극소수니까……. 적어도 1년 뒤에 그나마 지형지물이 적혀 있는 대륙 지도가 나올 테니.'

허술한 지도를 꼼꼼하게 바라보고 있는 무열의 모습에 부끄러운 듯 강찬석은 헛기침을 했다.

"여기가 거점입니다. 그리고 이곳이 내림천이고……."

아무런 말도 하지 않고 있자 오히려 그가 먼저 지도에 손가락을 얹으며 말했다.

하지만 이미 무열의 눈은 다른 곳을 향하고 있었다.

탁.

"음?"

아무것도 없는 지점에 그가 손가락을 올렸다.

"여기, 지도에 표시되지 않았지만 리스폰된 내림천 뒤쪽에 반나절 거리에 호수만 한 큰 웅덩이가 있습니다."

"웅덩이…… 말입니까?"

강찬석은 살짝 미심쩍은 듯 알 수 없는 표정을 지었다.

'그런 건 보지 못했는데…….'

애초에 지도에도 표시되지 않은 곳이다. 거점 밖을 탐색하는 건 자신과 함께 소수의 전투 요원뿐. 대부분의 사람은 거점 밖이 어떤 환경인지도 모르는 게 태반이었다.

하지만 자신조차 모르는 위치를 무열은 꿰뚫어 보고 있었다.

"이 안쪽으로 몬스터를 유인해야 합니다."

그곳에 무엇이 있기에?

강찬석이 의문에 가득 찬 얼굴로 무열을 바라봤다.

무열은 대답 대신 손가락을 대각선으로 올렸다.

탁.

웅덩이가 있는 곳으로부터 멀지 않은 위치에 그의 손이 멈추는 순간.

그가 강찬석을 바라봤다.

"여기서 할 겁니다."

알 수 없는 하얀 백지 위, 무열의 손가락에서 시선을 떼지 못한 강찬석의 귀에 그의 말이 꽂혔다.

"최초의 필드 네임드 사냥."

순간 강찬석은 등골이 서늘한 기분이었다.

누구도 생각하지 못한 일.

꿀꺽.

무열은 서서히 동이 터오는 것을 바라봤다.

'바로 오늘이다. 이곳뿐만 아니라 인류가 있는 모든 거점에 동시다발적으로 필드 네임드가 나타난다.'

그리고 1/10로 줄어든 인류가 다시 1/5로 줄어드는 최악의 날로 기록된 날이기도 했다.

'하지만 살아남는다면.'

막사 안으로 빛이 들기 시작했다.

여명이 밝기 시작했다.

'권좌를 노릴 수 있는 기반을 얻게 된다.'

무열은 막사의 천막을 걷으며 걸어 나갔다.

'퍼스트 킬러(First Killer).'

동시다발적으로 생성된 필드 네임드들 중 가장 먼저 사냥에 성공한 자에게만 주어지는 업적. 검투사 이강호가 최초로 얻은 타이틀.

'이젠 내 거다.'

5장
델리카 공략

쿠웅-!!!

곡도가 바닥을 내려치자 진동이 느껴졌다.

강찬석은 발아래 너부러진 사체들을 바라보며 아무런 말도 하지 못한 채 앞으로 시선을 옮겼다.

밤엔 몬스터가 더 강해진다. 그렇기에 노을이 지고 난 뒤엔 거점 안을 벗어나지 않는 것이 불문율이었다.

"후우."

츠ㅇㅇㅇㅇ…….

수증기가 솟구치는 것처럼 몬스터들의 사체가 사라지면서 마석을 떨어뜨렸다.

"대단하십니다."

밤이 되어 강해진 고블린 세 마리를 순식간에 베어버린 무열을 보며 강찬석은 진심 어린 눈으로 감탄했다.

'나도 그런 눈빛이었지.'

경외와 부러움.

전장을 누비던 강찬석을 봤을 때, 무열 역시 그랬다.

하지만 강찬석에게서 시기심은 보이지 않았다.

"곧 할 수 있을 겁니다."

"제가요? 설마요."

그의 말에 고개를 설레 젓는 강찬석.

"애초에 시작점부터가 다르니까요. 아무리 근력이 높다 하더라도 그 정도 태도를 쓸 수 있는 사람은 별로 없습니다."

무열은 턱 끝을 살짝 올리며 그의 검을 가리켰다.

세븐 쓰론에 징집된 대부분의 사람이 사용하는 무기는 검이었다.

적당한 무게의 롱소드.

날붙이라면 기껏해야 부엌칼이나 커터 칼 정도나 사용해 봤을 일반인에게 가장 무난한 무기였기 때문이다.

리치가 긴 창이라든지 무게가 있는 대검 같은 것들은 익숙해지기 어려울뿐더러 근력이 뒷받침되지 못하면 사용할 수도 없었다.

게다가 익숙함 역시 한몫을 했다. 무기에 대한 정보가 없는 상황에서 그나마 가장 낯익은 무기를 선택하게 되니까.

'그래서 몇몇을 제외하곤 1~2년이 지나서야 그런 무기들을

사용하는 사람들이 나왔지.'

하지만 강찬석은 달랐다. 타고난 근력이 높아 성장 속도도 다른 사람들과 달랐기 때문이다.

'고작 반년밖에 되지 않았는데 벌써 자신의 키만 한 태도를 쓸 수 있는 사람이니 말 다했지.'

"하…… 칭찬으로 생각하겠습니다. 감사합니다."

무열의 말에 어색하게 웃는 그는 민망한 듯 머리를 긁적이며 말했다.

'하지만 조금만 기다려 봐. 그것보다 더 무거운 무기를 쓰고 있는 당신을 발견할걸. 당신의 주 무기는 따로 있으니까. 그때가 비로소 진가를 발휘하게 될 날이야.'

그런 강찬석을 향해 무열은 그저 가볍게 웃는 것으로 말을 아꼈다.

"이제 거의 다 온 것 같네요. 고블린숲을 우회해서 가면 내림천 뒤로 돌아갈 수 있으니까요. 기억하고 있죠? 결전은 절벽 아래입니다."

"알겠습니다."

무열은 담담하게 말했지만 강찬석에게서 느껴지는 긴장감은 어쩔 수 없었다.

하루에 한 번, 전역에 생성되는 몬스터 웨이브.

인류가 할 수 있는 것이라곤 그 웨이브 속에서 최소한의 피해로 살아남는 것.

하지만 이건 다르다.

'최초의 사냥.'

거점 방어가 아닌 한발 먼저 몬스터를 찾기 위한 행동.

수비에서 공격으로.

전장의 위치가 인간의 영역이 아닌 몬스터의 영역이 된다는 것. 그건 역사적인 순간이라 해도 과언이 아니다.

'이제부터 놈들을 몰아낸다.'

반격. 그건 곧, 영토의 확산을 의미하니까.

그 시작이 바로 제3거점인 이곳에서 이뤄지는 것이다.

찌릿.

그때였다. 뒤통수가 저린 느낌.

무열은 숲길을 뚫고 지나가던 도중 손을 들었다.

'있다.'

지금까지와는 다른 기분.

섬뜩한 인기척에 무열은 강찬석의 어깨를 내리누르며 풀숲에 몸을 감췄다.

"……?"

영문을 모르는 강찬석이 무열을 바라보자 그는 손가락으로 입을 가리며 조용히 하라는 표시를 했다.

'리자드킹.'

조용하게 풀잎을 손바닥으로 밀어젖히는 순간 보이는 커다란 호수, 그 주변을 어슬렁거리는 리자드맨들, 그리고 그 앞의 제단 위에 있는 커다란 몬스터.

무열이 몬스터를 향해 눈을 흘겼다.

'델리카.'

그런 이름이었다.

리자드맨들 중에 유일하게 언어 능력을 가지고 있는 네임드 몬스터.

3거점을 무너뜨린 녀석은 마치 각인을 시키려는 듯 살아남은 사람들에게 자신의 이름을 말했다.

'널 찾았다.'

두근.

무열의 가슴이 다시 울렸다.

과거의 포식자가 피식자의 위치에서 잡아먹힐 차례다.

"야습이라니……. 미친 생각이야."

"그래도 밤엔 몬스터들이 좀 잠잠하잖아."

"어후…… 잠잠하다고 다야? 밤에 몬스터가 강해진다는 건 다 아는 사실이라고. 낮에도 힘든데 밤에 습격이 성공할 리가 있겠어?"

"실패할걸, 분명히."

"도대체 뭘 믿고 그 녀석을 따라간 거야?"

"젠장, 여기도 이제 끝이군."

거점 안에 있는 사람들은 사라진 두 사람의 흔적을 보며 고개를 저었다. 몇몇 사람은 거점을 떠날 생각인지 짐을 꾸리는 모습도 보였다. 하지만 그 둘을 구하기 위해 움직이겠다는 사람은 단 한 명도 없었다.

취르르륵———!!!!

수풀이 흩어지는 순간 리자드맨들이 일제히 고개를 돌렸다. 하지만 기세 좋게 번뜩이는 곡도가 녀석들이 반응하기 전에 목을 베어버렸다.

마치, 그들의 불안을 비웃듯.

"크악!!"

"캬아아아악—!!!"

곡도의 손잡이를 반대로 잡으며 다시 한번 몸을 회전하는 무열이 빠르게 녀석들 사이를 헤집었다.

'다섯 번.'

강검술을 연속해서 시전할 수 있는 횟수.

난전 속에서도 무열은 냉철하게 숫자를 세기 시작했다.

스팟—!!

자세를 잡으며 스킬을 시전하는 순간 무열의 몸에 옅은 빛이 나타났다 사라졌다. 아주 짧은 찰나였지만 그 빛이야말로 단순한 공격이 아닌 기술을 의미하는 것이다.

'단숨에……!'

시간을 끈다면 기습의 의미가 없다.

내림천 안에 리스폰된 몬스터의 수는 벌써 어림잡아도 수십 마리. 시간이 지날수록 더욱더 많이 생성될 것이다. 아무리 자신이라도 모두를 상대할 순 없었다. 그래서 선택한 것이 야습. 생각을 뒤집는 것.

무열의 근육이 팽팽하게 부풀어 오르며 곡도를 쥔 양팔에 힘이 들어갔다.

몬스터의 움직임이 둔화된 바로 이때.

'녀석을 유인해서 거기로 가야 한다. 그곳에서 승부를 건다.'

무열이 생각하는 한 수.

콰득-!!

곡도가 바람을 가른다. 지면에 찍히는 발자국이 마치 춤을 추는 것 같았다. 두꺼운 검날이 요동치며 흔들렸다.

서걱……!!

카가각---!!!

묵직한 소리와 함께 밤하늘 아래 곡도가 살아 있는 것처럼 리자드맨들을 가르며 질주하기 시작했다.

그때였다.

[감히---!!]

귀를 찢을 것 같은 날카로운 파공성이 마치 폭발이라도 일어난 것처럼 굉음을 내며 무열의 앞에서 터져 나왔다.

쾅-!!!

콰가광---!!!

제단 위에 잠들 듯 서 있던 리자드킹이 움직였다. 거대한 베틀 엑스를 허공에서 휘젓자 발생한 그 풍압만으로도 저릿저릿한 느낌이었다.

지금까지와는 비교도 할 수 없는 위용. 하지만 무열은 그 모습에도 굴하지 않고 더 안쪽으로 파고들었다.

마치 죽으려는 불나방 같은 모습에 리자드킹은 오히려 어이없다는 듯 무열을 바라봤다.

그 순간.

"지금."

무열이 낮은 목소리로 말했다.

뒤에서 느껴지는 기척에 델리카가 황급히 몸을 돌렸다.

하지만 그보다 더 빠르게.

"하압!!"

숨을 죽이며 풀숲에 숨어 있던 강찬석의 태도가 녀석의 어깨를 스쳤다.

[크아아아아아아---!!!!]

붉은 선혈이 흩어지는 순간, 델리카는 고통보다 분노에 광폭한 듯 외치며 노려봤다.

그 모습을 보며 무열이 강찬석을 향해 외쳤다.

"달려!!"

산봉 내림천 뒤, 무열의 시선은 몬스터가 아닌 바로 웅덩이에 있었다.

"헉, 헉, 헉⋯⋯!!"

어느새 해가 떠오르기 시작했다.

꼬박 몇 시간을 내리달았다. 밤이 지나갔다고 변하는 것은 없었다.

"정말⋯⋯ 이대로 괜찮은 겁니까!!"

죽을힘을 다해 달리고 있는 강찬석은 무열의 등과 리자드맨 무리를 번갈아 가며 바라보며 걱정스러운 목소리로 소리쳤다.

쿠르르르르——!!!

발걸음을 뗄 때마다 지축이 흔들렸다.

잡히면 죽음.

이 세계에 들어와서 별의별 일이 많았지만 이렇게 목덜미가 지끈지끈하는 소름 돋는 기분은 처음이었다.

'도대체 저 안에 뭐가 있길래⋯⋯?!'

첨벙, 첨벙.

강찬석은 내림천에 흐르는 물을 건너며 점차 느려지는 속도에 더욱더 불안했다.

좁혀지는 몬스터와의 거리.

'제길⋯⋯ 내가 미쳤지!'

뒤도 돌아보지 않고 달리는 무열을 보며 강찬석은 온갖 욕지거리를 속으로 내뱉었다.

'믿는 게 아니었어!!'

그러면서도 다리를 쉴 수 없다.

"으아아아아!!"

정체 모를 비명과도 같은 외침을 내지르며 강찬석은 두 다리에 힘을 주었다.

그때였다.

"우읍?!"

갑자기 무언가 자신을 잡아당기는 듯한 압력에 그가 고개를 돌렸다.

"……어?"

조금 전까지만 해도 앞에서 달리던 무열이 바로 자신의 옆에 있었다.

무슨 상황인지 이해할 새도 없었다.

"여기까지만."

급작스럽게 무열이 강찬석의 팔을 잡아당겼다.

"더 들어갔단 잡아먹힙니다."

"……네?"

거의 직각에 가까운 방향으로 꺾이는 순간, 그는 자신의 몸이 붕 떠오르는 것을 느꼈다.

"흐업!!"

파앗-!!

급하게 방향을 틀자 모래 먼지가 폭발하듯 솟구쳐 올랐다.
떨리는 진동에 잔잔한 물웅덩이 위로 파문이 일었다.

파바밧———!!

자신의 몸쪽으로 강찬석을 끌어당긴 무열이 다시 한번 방향을 틀었다. 무열이 남긴 발자국이 마치 번개를 그리듯 지그재그로 그려졌다. 마치 뭔가를 기다리고 있는 것처럼, 아니, 닫힌 문을 두들기는 것처럼 자신의 존재를 알리고자 소리를 내는 것 같았다.

[크아아아아!!!]

리자드맨 수십 마리의 선두에 선 델리카는 거대한 베틀 엑스를 좌우로 허공에 그리며 달려오고 있었다.

절체절명의 위급한 상황임에도 불구하고 무열의 입가에 미소가 떠올랐다.

그런 그의 모습을 보며 강찬석은 기가 막혔다.

'웃어? 이 상황에서?'

어깨에 난 상처 따위는 신경도 쓰지 않은 듯 분노에 찬 델리카가 바로 그들의 코앞까지 다가왔다.

'내가 가지고 있는 가장 큰 무기.'

쓰카앙———!!!

바람을 가르는 도끼.

"으, 으아아……!!"

강찬석의 비명이 웅덩이 앞에서 터져 나왔다.

단순한 힘이 아니다.

'정보.'

이곳. 만유숲 뒤편, 커다란 웅덩이.

오랜 시간이 지난 뒤에도 알려진 바가 많지 않다. 사실 웅덩이 자체가 중요한 게 아니었다.

델리카가 두 사람을 일격에 부숴 버릴 기세로 있는 힘껏 베틀 엑스를 찍어 눌렀다.

그때였다.

쿠…… 쿠르르르르……

"어……?"

바닥이 요동치기 시작했다. 진동은 점차 더 커져서 중심을 잡기 어려울 정도로 거세졌다.

'오랜만이다.'

델리카의 베틀 엑스가 무열의 목을 짓이겨 버리기 바로 직전, 순간 그들의 머리 위로 어둠이 깔렸다.

다시 밤이 된 건가?

어리둥절한 표정을 짓는 강찬석과 달리 무열은 회심의 미소를 지었다.

'웅덩이 속 포식자.'

툭.

그 순간 떨어지는 물방울.

투투툭— 투툭——!!!

비라도 내리는 것처럼 갑자기 쏟아지는 물이 두 사람을 덮쳤다.

강찬석은 그제야 자신들을 덮치려던 델리카의 베틀 엑스가 멈췄다는 것을 깨달았다.

[캬아아악!!!]

경계를 하는 것처럼 허공을 향해 델리카가 날카로운 포효를 질렀다.

촤아아아아아악———!!!!!

거대한 물보라가 웅덩이 위로 솟구쳐 오르면서 그 사이로 튀어나온 거대한 몬스터.

뱀처럼 생긴 녀석이 벌린 아가리는 성인 한두 명은 한입에 씹어 삼킬 수 있을 정도로 컸다. 날카로운 송곳니가 위아래로 4개가 나 있었고 그 가운데에 갈라진 혓바닥은 뱀처럼 파르르 떨고 있었다.

"퍼들 서펀트(Puddle Serpant)."

필드 네임드는 아니지만 델리카와 마찬가지인 D급 레어 몬스터였다. 등급은 높았지만 다른 몬스터들과는 달리 자신의 영역에 발을 들여놓지만 않으면 공격하지 않는다.

그렇기 때문에 이 녀석의 존재는 이강호가 3거점을 탈환한 뒤에나 밝혀졌다.

쿠아아앙–!!

서펀트는 거대한 몸집을 공중에서 유연하게 꺾으며 바닥을 미끄러지듯 휘감았다.

두 괴수가 서로 엉겨 붙자 그 뒤에 있던 리자드맨들이 일제히 서펀트를 향해 달려들었다.

"이게 무슨……."

이런 건 처음이었다. 아니, 애초에 생각도 못 한 일이었다. 몬스터들끼리 서로 싸우는 것. 맹수들끼리의 영역 다툼처럼 두 세력이 부딪치는 순간 아비규환이 되어 얽히고 있었다.

경악스러운 광경에 강찬석은 입을 다물지 못했다.

'이런 걸 어떻게?'

그는 무열을 바라봤다. 누구도 행하지 않은, 시도조차 해볼 생각을 못 했던 이 방법을 눈 하나 깜빡하지 않고 아무렇지 않게 그는 해낸 것이다.

"뭐 합니까?"

"……네?"

하지만 그 광경을 봤을 때보다 무열의 말을 듣는 순간 강찬석은 더 놀라지 않을 수 없었다.

"지금부터 시작입니다."

서펀트의 일격에 빈사 상태에 가까운 리자드맨들이 비틀거리며 힘겹게 서 있는 모습이 보였다.

'여기서 좀 더 강찬석의 스테이터스를 올린다.'

팔이 물어뜯긴 녀석부터 간신히 숨이 붙어 있는 놈들까지.

"크…… 크륵…….'

몇몇의 리자드맨이 몸을 부르르 떨더니 쓰러져 재로 변했다.

치이이익……!!

그리고 리자드맨이 떨어뜨린 주인이 없는 마석은 그대로 산화되듯 사라졌다. 그럼에도 불구하고 델리카는 서펀트와 싸우느라 그들을 신경 쓸 틈이 없었다.

두 녀석 사이에 들어가는 건 위험하다. 게다가 지금은 해야 할 일이 따로 있다.

무열은 곡도를 쥐었다.

"일단은……."

씨익.

그가 웃었다. 그러곤 강찬석의 어깨를 툭! 치면서 말했다.

"막타 치러 갑시다."

[하급 마석(×5)을 획득했습니다.]

[하급 마석(×3)을 획득했습니다.]

[하급 마석(×9)을 획득했습니다.]

[하급 마석(×7)을 획득했습니다.]

끊임없이 쏟아지는 메시지창에 강찬석은 머리가 마비될 지경이었다.

인벤토리 안에 쌓이는 마석들.

사방으로 떨어지는 마석을 주울 여유도 없이 사냥을 하고 있는 자신을 보며 강찬석은 헛웃음을 짓고 말았다.

파악–!!!!

둔탁한 소리와 함께 태도의 옆면이 리자드맨의 머리를 사정없이 후려갈겼다.

[근력이 1 Point 상승하였습니다.]

그 반동에 궤도를 꺾어 다시 한번 내려치자 옆에 있던 빈사 상태의 나머지 한 마리가 일격에 머리가 날아갔다.

"하…… 하하."

이토록 마음껏 싸워본 적이 언제였나.

게다가 지금까지 정체되어 있던 스테이터스의 상승에 몬스터들의 안으로 더욱더 과감하게 달려 들어갔다.

전율.

그 말이 딱 정확하다.

'대단하다.'

강찬석은 저 멀리 몬스터들을 난도질하고 있는 무열을 바라보며 생각했다.

쾅!! 콰콰쾅!!!!

챠르륵–!! 캬아아아악––!!

서펀트와 리자드맨들의 혼전 속에서 왔다 갔다 하는 모습은 유일하게 인지 능력을 가진 델리카조차 더 이상 보스가 아닌 일개 몬스터로 전락시키고 말았다.

'완전히 흐트러졌군.'

흉포한 기세는 엄청났다. 맹렬하게 움직이는 베틀 엑스는 단단한 서펀트의 피부를 가차 없이 파헤쳤다.

가공할 만한 위력.

하지만 그 모습을 보며 무열은 오히려 여유로웠다.

'어차피 몬스터는 몬스터. 적자생존의 야생 본능에 충실한 괴물일 뿐이야.'

15년 동안 전장을 누비던 그였다. 셀 수 없을 정도로 많은 몬스터 토벌에 참전했다.

'특작부대의 유인법을 봐두길 잘했어.'

입가에 미소가 걸린다.

무열의 방법은 15년 후 주로 부족을 이루는 몬스터들을 소탕할 때 사용된 작전이었다. 물론, 두 몬스터의 호전적 관계와 리스폰되는 장소를 알아야 할 수 있는 일이었지만.

그런 건 무열에게 중요하지 않았다.

'이 거점의 몬스터 토벌에 참가한 것만 스무 번은 넘을 거다.'

서걱.

그런 와중에도 무열의 검은 쉬지 않았다. 아니, 오히려 강찬석보다 더 빠르고 정확하게 곡도가 춤을 추었다.

'이제 조금 만 더……!'

그가 노리는 한 수는 아직 완성되지 않았으니까.

[검술 마스터리 : 98%(E랭크)]

곡도가 점차 손에 감기는 느낌이 들기 시작했다.

[캬르아– 아ー–!!!!]

[크아아아아ーーー!!!!]

두 괴수가 엉겨 붙었다.

그 순간 무열의 곡도가 다시 한번 움직였다. 일대일이라면 절대로 할 수 없는 위험한 수. 하지만 이미 모든 신경이 눈앞의 적에게 쏠린 녀석들은 그를 신경 쓰지 못했다.

촤악ー!! 촤자자작ーー!!!

곡도가 스치자 두 몬스터의 피부에서 붉은 피가 흘러내렸다. 한두 군데가 아니었다. 자잘한 상처에서 피가 멈추지 않았다.

출혈 효과.

폐광에서 획득한 라이칸스로프의 발톱의 특수 효과인 출혈이야말로 지속적인 대미지를 줄 수 있는 탁월한 공격이었다.

"먹혀들고 있어."

무열은 두 몬스터에게 모두 검을 뿌렸다.

'대미지를 차곡차곡 쌓는다.'

상처의 개수가 늘어난다. 시간이 지날수록 처음과 달리 확실히 녀석들의 동작이 느려지고 있었다.

쿠우웅-!!!

델리카의 도끼가 서펀트의 목에 박혔다. 살점이 튀면서 뼈가 훤히 드러났다. 파르르 떨리는 서펀트의 몸이 바둥거렸다.

[캬갸아!!!!]

델리카는 승리의 포효를 질렀지만 녀석의 도끼가 서펀트의 뼈에 걸려 빠지지 않았다.

"……!!"

찰나의 기회를 놓치지 않는다.

무열의 눈이 빛났다.

촤아악-!!!

서걱-!

그 순간 자신에게 달려드는 두 마리의 리자드맨의 배를 갈라 버리며 무릎을 꿇어 자세를 낮추고서 무열이 소리쳤다.

"앞으로!!"

그의 말에 강찬석이 황급히 몸을 움직였다.

"넵!!!"

어느샌가 두 사람의 말투가 자연스럽게 변해 있었다.

무열이 명령하고 강찬석이 행동했다.

나이가 중요한 게 아니었다. 이미 그의 머릿속에 무열은 그런 사사로운 문제를 뛰어넘는 존재였으니까.

타다다닥――!!

조금 긴장한 표정으로 강찬석이 태도를 옆으로 내리며 두 팔로 잡고서 무열의 명령을 따라 달리기 시작했다.

그는 무열이 하고자 하는 게 뭔지 알 수 있었다.

"제가 뚫겠습니다."

자신의 역할과 위치를 잘 아는 동료만큼 유능한 존재도 없을 것이다.

나서지 않고 자신의 업무에 충실한 것.

강찬석은 그런 의미에서 가장 훌륭한 동료였다.

'역시 데려온 보람이 있군.'

혼자였다면 힘든 일이었다. 몬스터의 이목을 흐트러뜨리고 유인을 하는 것까지, 그는 많은 도움이 되었다. 아무리 무열이라 할지라도 체력 회복이 다 되지 않은 시점에서 네임드급 몬스터를 두 마리나 상대하는 일은 불가능에 가까우니까.

거점에서 가장 많은 전투를 경험해 본 강찬석은 지금으로도 훌륭한 전력이었다.

"크아아!!!"

강찬석이 태도를 들어 수직으로 델리카를 향해 내려찍었다. 묵직한 파공음과 함께 바람을 가르며 공격이 쇄도했다.

[네놈……!!!]

목에 박힌 베틀 엑스를 빼려 할 때마다 서펀트가 몸부림을

치는 바람에 도끼의 날은 녀석의 관절 사이로 더 깊숙이 파고
들었다.

[캬르라라!!!!]

델리카의 외침에 주위에 있던 리자드맨들이 동시에 두 사
람을 덮쳤다.

"흐아아압!!!"

기다렸다는 듯 무열의 곡도가 번뜩였다.

"조금만!!"

무열이 리자드맨의 목을 베며 질주하듯 뛰쳐나가는 순간
강찬석이 틈을 만들었다.

촤자자작-!!!

그 빈틈 사이로 무열의 곡도가 델리카의 허리를 베고 지나
갔다.

[검술 마스터리 : 100%(E랭크) 도달!!]

[검술 마스터리 승급!]

[검술 마스터리 : 1%(D랭크)]

[강검술 2식의 록(Lock)이 해제되었습니다.]

'기다렸다!'

황금빛 메시지창이 떠오르며 무열의 눈빛이 빛났다. 곡도
를 잡은 두 팔에 힘이 들어간다.

치익.

축이 되는 왼쪽 발을 비틀었다. 곡도를 사선으로 내리며 무열의 몸이 튕겨 나가듯 앞으로 솟구쳤다.

절대로 스킬의 잠금이 해제된다고 바로 쓸 수 있는 것이 아니다. 그러나 물이 흐르는 것처럼 자연스럽게 무열의 몸이 움직였다. 이미 알고 있는 것처럼. 아니, 이미 알고 있었다.

'강검술 2식.'

수천 번을 펼쳤던 검격.

콰가가가가강———!!!!!

폭발하는 것처럼 무열의 곡도가 휘어졌다. 날이 위로 솟구치며 허공에서 궤도를 바꿔 그대로 델리카의 머리통에 박혔다.

[크아아아……!!!]

날카로운 비명은 끝까지 이어지지 못했다.

머리가 반쯤 잘린 델리카는 믿을 수 없다는 듯 눈동자를 파르르 떨었다.

무열이 남은 힘을 쏟아냈다.

서걱.

델리카의 머리가 두 동강이 나며 바닥에 떨어졌다.

촤악.

무열의 공격은 거기서 끝나지 않고 다시 한번 곡도로 굳은 채 서 있는 델리카의 몸통을 갈라 버린다.

그 놀라운 광경에 몬스터의 무리 속에서 처음으로 적막이 흘렀다.

"후우."

무열이 참았던 숨을 내쉬는 순간.

[필드 네임드 '델리카' 사냥 성공!]

마치 전투의 종언을 알리는 것처럼, 전 지역에서 볼 수 있을 정도로 거대한 붉은색의 메시지창이 상공에 나타났다.

6장
북쪽으로

[퍼스트 킬러(First Killer) 탄생!!]
[대륙의 몬스터들이 겁을 먹습니다.]
[종족 군주들이 침공을 포기합니다.]
[몬스터 웨이브가 일시적 해제됩니다.]

델리카의 목이 떨어지는 순간 나타난 알림창을 바라보며 무열은 생각했다.

'침공 포기?'

그의 기억 속에 없던 상황이었다. 몬스터 웨이브가 시작되기 전, 두 사람은 델리카의 부족 지역을 습격했다.

예상치 못한 반격.

"확실히……."

퍼스트 킬러가 나타나는 건 4일째 몬스터 웨이브가 시작되고 이틀 뒤였다. 이미 침공이 시작된 후라는 뜻. 하지만 이번엔 아예 침공 자체를 막아버린 것이다.

그 결과, 전 대륙을 휩쓸 4차 몬스터 웨이브가 아예 시작도 되지 않고 없어진 것이다.

[퍼스트 킬러(First Killer)]

[위업 달성!]

[대륙 최초의 네임드 몬스터 슬레이어!!]

[스테이터스 상승 10%]

[내성력 발현!]

[내성력 포인트 10 획득]

[마석 획득률 상승 5%]

[몬스터 조우 확률 감소 10%]

무열은 타이틀의 효과를 보며 자신도 모르게 호흡을 멈췄다.

이름 : 강무열

랭크 : E(MAX)

근력 : 80(+5)

민첩 : 75

체력 : 100

마력 : 0

물리 내성 : 10

마력 내성 : 10

〈버프〉

[라이칸 폐광 최초 발견자 : 4일]-미적용

[최초의 검술 창조자]

〈타이틀〉

퍼스트 킬러(First Killer)-활성화

〈전투 스킬〉

검술 마스터리 : 5%(D랭크)

-강검술 : 65%

완벽한 붕대법 : 95%(E랭크)

〈생산 스킬〉

 처음엔 간략했던 상태창이 많이 변해 있었다. 가장 큰 변화는 역시 내성력이 생겼다는 것이다.

 '마력과 물리 내성이라. 엄청난걸.'

 내성력은 결코 쉽게 얻을 수 있는 게 아니다. 하나만 획득해도 승패에 지대한 영향력을 끼친다.

 한때 마법 내성을 극한까지 올린, '위자드 킬러(Wizard Killer)'라는 별명을 가졌던 아누스 칸을 보더라도 그 힘이 어떤지 충분히 알 수 있었다.

그런데 그걸 동시에 둘 다 얻었다.

말 그대로 위업.

'좋아, 덕분에 공략이 더 쉽겠어.'

무열은 씨익 웃었다.

'이다음 던전은 정해졌군.'

상태창 이름 아래에 쓰여 있는 랭크. 등급 옆에 괄호로 'MAX'라고 적혀 있는 것을 바라보며 그는 생각했다.

'이렇게 빨리 E랭크에 도달할 줄이야.'

스테이터스의 상승 폭은 놀라울 정도였다. 검술 창조자에 이어서 퍼스트 킬러의 타이틀의 효과가 더해졌으니 말이다.

'이제 거길 가야 한다.'

무열은 기억을 떠올렸다.

'랭크 업 던전. 오랜만인걸, 정말.'

그 순간, 그곳의 기억이 썩 기분 좋은 것만은 아닌 걸까. 뭔가를 떠올린 무열의 표정이 굳어갔다.

'북쪽이었지. 확실히.'

"저희가 해냈습니다!! 정말로 네임드 몬스터를 잡을 줄이야!! 대단하십니다!!"

그의 기분을 아는지 모르는지 강찬석은 연신 울리는 알림창을 바라보며 환호성을 질렀다.

"정말 대단합니다. 마지막에 녀석을 잡은 거 대체 무슨 검술입니까? 지금까지 그런 기술은 처음 봤습니다."

당연한 반응이었다. 검을 베고 찌르는 일이야 같지만 무열의 검술은 그것과 달랐다. 현실 세계의 무도가 아닌 일종의 스킬화. 정확한 타이밍과 간격으로 재현하지 못하면 그건 그저 베고 찌르는 행위에 불과했다.

"별거 아닙니다."

강검술과 마찬가지로 스킬화 된 모든 기술은 발동과 동시에 사용자의 능력치에 비례해 공격력이 상승한다.

"별게 아니라뇨. 무열 님은 마치 딴 세계에서 온 것 같습니다."

'당신은 더 대단했어.'

라고 말하고 싶었지만 무열은 그 대신 사라진 델리카의 사체가 있는 곳으로 향했다. 남아 있던 리자드맨들은 무열의 퍼스트 킬이 이뤄지자 급하게 흩어졌다.

델리카의 사체가 사라지고 남은 자리에 두 개의 아이템이 드랍되었다.

"흠, 여기서 이게 딱 나오다니. 운이 좋은걸."

무열이 그중 하나를 보더니 손을 내밀었다. 묵직한 무게. 그의 힘으로도 드는 게 쉽지 않을 정도였다.

[델리카의 베틀 엑스]
만유숲의 지배자 델리카의 베틀 엑스. 그 무게가 상상 이상이다. 근력 80 이상이 되지 않으면 사용할 수 없다.

등급 : D급(유니크)

분류 : 도끼

내구 : 100

효과 :

　살상 파괴력 +10%

　체력 +20

"근력 80 이상이죠?"

"네? 아, 네……."

"역시."

그가 사용하는 투박한 태도만 봐도 무게를 짐작할 수 있었다. 아무런 버프도 없이 순수하게 그 정도의 근력을 올렸다는 건 처음부터 그의 근력 수치가 남들과 달랐다는 것이었다.

"이거 써보세요."

무심한 듯 아무렇지 않게 무열이 그의 앞으로 도끼를 던졌다.

쿵.

날이 정확히 바닥에 박히면서 도끼가 육중한 소리를 냈다.

"곧 익숙해질 겁니다."

처음 보는 유니크 아이템. 그것도 필드 네임드가 드랍한 무기였다. 누구라도 욕심이 날 만했다.

강찬석은 아무렇지 않게 자신에게 아이템을 양보하는 그를 놀란 눈으로 바라봤다. 무열은 드랍템의 종류가 다른 게 아니라 도끼인 것에 만족스러운 것 같았다.

'주 무기는 하루라도 더 빨리 익혀놓는 게 좋으니까.'

마치 다 알고 있다는 듯 웃는 무열의 모습에 강찬석은 어리둥절한 표정이었다.

'써보면 알 거야. 태도가 아니라 도끼에 더 소질이 있다는 걸.'

"이런 걸 받아도 괜찮습니까?"

감개무량한 듯한 표정으로 강찬석이 무열에게 물었다.

"어차피 저는 쓸 수도 없는 무기니까요. 상관없습니다."

"가, 감사합니다."

"대신 이건 제가 가지겠습니다."

사실상 강검술을 익힌 그에게 도끼는 불필요한 무기였다. 게다가 애초에 무열의 눈에 들어온 건 도끼가 아니었다.

또 하나의 드랍템.

사실 유니크 아이템인 도끼보다 무열은 이것이 드랍된 것을 확인하고 가슴이 뛰었으니까.

[델리카의 보옥]
만유숲의 지배자 델리카의 보옥. 그가 항상 갑옷 안에 품고 다닌다.
영롱한 빛깔을 내지만 딱히 알려진 바는 없다. 상점에 판매하면 높은 가격의 마석을 받을 수 있다.
등급 : D급(레어)
분류 : 없음

내구 : 100

"그건 뭔가요?"

강찬석이 무열의 손바닥에 있는 보옥에 관심을 가졌다.

"별거 아닙니다. 그냥 보석이죠."

거짓말은 아니었다. 보옥은 말 그대로 나중에 무인 상점이 생기면 비싼 가격에 팔 수도 있는 물건, 단지 그뿐이다.

강찬석 역시 보옥의 효과를 보더니 이렇다 할 특이한 점이 없자 어리둥절해했다.

'그렇지.'

유니크 아이템을 포기하고 그저 비싸기만 한 레어 보석을 가지겠다고 하니까.

'뭐, 정말 이거 하나론 아무것도 아니지.'

'그냥 이대로 둔다면'이라는 전제 조건이 있다는 것을 굳이 말할 필욘 없었다.

'보옥, 순금, 아연, 산호 조각, 송곳니, 뿔……. 아직 모아야 할 게 잔뜩이지만 그래도 이제 시작이지.'

갈 길이 멀었다. 하지만 못할 건 아니다. 과거에도 한 번 했었던 일이니까.

'그때는 명령에 의한 거였다면 이번엔…….'

자신을 위한 것이다.

무열은 보옥을 인벤토리 안에 집어넣으면서 생각했다.

'정령술을 얻기 위한 첫걸음이라고 생각하면 나쁘지 않아. 아니, 오히려 빠르다.'

두 번째 히든 스테이터스 '정령술(Spirit Magic)'.

마력과 더불어 쌍벽을 이루는 특성이었다. 모두 네임드에게서만 구할 수 있는 특수 재료를 모아야만 가능한 것. 그렇기에 최초의 퍼스트 킬러인 무열보다 현시점에서 더 먼저 이 재료를 구한 사람은 아무도 없다.

'스타트는 내가 먼저 끊었다. 그리고 앞으로도 누구에게도 선두를 양보하지 않겠다.'

무열은 그렇게 다짐하면서 바닥에 떨어진 도끼를 향해 턱을 까닥거리며 말했다.

"하나 더 남았는데."

"네?"

곡도를 뒤로 넘기며 그가 몸을 돌렸다.

"정리하고 돌아가죠."

[크…… 크르르……]

그 순간, 겁을 먹은 초식동물처럼 무열을 바라보는 퍼들 서펀트가 불안한 듯 으르렁거렸다.

툭.

주위에 온통 피비린내가 진동했다.

"허허…… 대단하군. 퍼스트 킬러라. 어딜 가나 강자는 정말 셀 수 없을 정도로 많다는 말이 실감 나는군. 이 세계도 마찬가지야. 이것 참, 끝이 없어."

사체의 산 위에 서 있는 남자는 마치 운동을 끝낸 사람처럼 가뿐한 표정으로 말했다.

상공에 떠 있는 거대한 붉은 알림창을 바라보면서 남자는 검을 집어넣었다.

이렇다 할 특징이 없어 보이는 평범한 중년의 얼굴.

[크르르르……]

인자한 얼굴의 남자와 달리 악어처럼 생긴 머리를 가진 거대한 몬스터가 남자를 향해 경계하듯 거대한 송곳니를 보이며 으르렁거렸다.

"덕분에 잔몹들이 도망쳐서 편하긴 한데. 이걸 어쩐다……. 이 녀석만 해도 한 이틀은 밤낮으로 싸워야 가능할 것 같은데. 놀랍군."

다른 몬스터의 두 배는 될 것 같은 거대한 몬스터는 누가 봐도 네임드였다.

그럼에도 불구하고 남자는 그다지 두려운 기색이 없었다.

"흐음…… 그래도 이왕 이렇게 된 거 끝은 봐야겠지."

숲 안쪽에 있는 작은 부락.

이강호. 그는 이미 대피가 끝나 비어버린 거점을 바라보며 천천히 검을 뽑았다.

"그러고는······."

[크······ 크······ 으······.]

동시에 악어 같은 몬스터가 겁을 먹은 듯 뒷걸음질 쳤다.

"북쪽으로 좀 더 가 볼까."

델리카의 공략과 동시에 무열과 강찬석은 체력이 거의 빠진 퍼들 서펀트까지 사냥했다.

[칸트나의 고삐]
괴수를 부렸다는 대마도사 칸트나가 서펀트를 조종하기 위해 제작한 고삐. 서펀트를 제어할 수 있도록 마력을 높여준다.
등급 : D급(유니크)
분류 : ACC
내구 : 100
효과 :
　마력 +50
　서펀트 라이딩 +10

'이게 여기서 떨어지는 건 줄 몰랐는데.'

무열은 퍼들 서펀트를 잡고 나서 떨어진 드랍템을 보며 살짝 놀랐다.

제도왕(諸島王) 넬슨 하워드. 세븐 쓰론 해역에 있는 섬들을 통치하며 대륙이 아닌 바다에서의 세력을 넓힌 SS랭커.

그의 탈것인 블루 서펀트 역시 그 못지않게 유명했었다.

'게다가 액세서리.'

다른 아이템에 비해서 액세서리는 조금 특별하다. 단순히 그 등급에서 머무는 게 아니라 특정한 조건과 재료가 준비되면 등급 업을 할 수 있기 때문이다.

'서펀트는 다루기 힘든 몬스터지. 어쩌면 그도 이런 아이템을 쓴 걸지도 모르겠군.'

아직 마력이 없는 무열에게는 딱히 쓸모가 있는 아이템은 아니었지만 유니크 액세서리를 얻은 것만으로도 충분한 이득이었다.

게다가 드랍템은 아니지만 녀석에게 얻을 수 있는 또 하나의 재료, 서펀트의 비늘. 어쩌면 지금 상황에선 유니크템보다 더 효율적인 물건일지 모른다.

"거점에 가죽 세공(Leathercraft) 스킬이 있으신 분 있죠? 그분께 전해주세요."

강찬석은 무열의 말에 감탄을 금치 못했다. 그의 말대로 3거점 전투 요원은 대부분 가죽 갑옷을 입고 있었다.

"그런 것까지 알고 계셨습니까?"

알면 알수록 더 놀라운 사람이라고 생각하며 강찬석은 감탄을 금치 못했다.

"서펀트의 비늘은 다루기 어렵긴 하지만 한번 제작을 하고 나면 생산 스킬이 많이 오를 겁니다. 사실상 대장술보다 가죽 세공을 익힌 사람을 찾는 게 더 힘들죠."

방어력을 따진다면 단연 광물로 된 갑옷이 최고일 것이다. 무열이 죽기 전 검병부대도 강철과 A급 던전인 천둥 갱도에서 얻을 수 있는 특수한 광물을 합성해서 만든 갑옷을 썼으니까.

'문제는 근력 수치.'

그가 죽은 때는 15년 후였다. 훈련소가 만들어지고 그 안에서 집중적인 수련을 받았다. 랭크가 낮아도 기본 능력치의 수치는 지금보다 훨씬 높았기에 무게가 있는 갑옷을 쓸 수 있었다.

그러나 아직 세븐 쓰론이 열린 지 초반이다. 태생적으로 근력이 높은 강찬석 같은 사람이 아니고서야 제작된다고 해도 쓸 수 있는 사람은 소수에 불과할 것이다.

'무인 상점의 것이 아니고서야 그전까지는 가죽 갑옷이 가장 쓸 만한 갑옷이야.'

그것만으로도 3거점의 이점은 충분했다.

'4차 몬스터 웨이브로 대부분이 죽어서 빛을 보지 못했지만

이젠 다르다.'

가죽 세공 스킬을 가지고 있는 사람은 분명 도움이 된다.

"대장!!"

"정말이야!! 살아 돌아왔어!!"

"아까 그 알림창…… 저 두 사람인 거야?"

"말도 안 돼……!!"

어느새 거점의 사람들의 외침이 들리기 시작했다.

필드 네임드 사냥이라는 엄청난 결과. 하지만 거점 방어만으로도 힘겨웠던 사람들은 그 사실을 쉽사리 믿을 수 없었다.

그때, 강찬석의 등에 달린 거대한 배틀 엑스를 본 한 남자가 소리쳤다.

"저것 봐!!"

그의 외침과 동시에 모두의 시선이 강찬석에게 쏠렸다. 갑작스러운 그들의 반응에 그는 머쓱한 듯 웃으며 고개를 끄덕였다.

"진짜다!!!"

"와아아아아아———!!!"

사람들이 환호성을 질렀다.

어쩌면 이것이 인류 최초의 승리일지 모른다.

몬스터들에게 쫓기고 가까스로 거점을 만든 곳에선 또다시 웨이브가 시작되었다.

절망의 연속.

하지만 그 웨이브가 시작되기 전에 네임드를 잡아버린 무열과 강찬석은 이미 3거점의 사람들에겐 단순한 존재가 아니었다. 실낱같은 희망을 보여준 것이다.

"이제 여긴 안전해!!"

"다행이다!"

"처음엔 진짜 어떻게 되는 줄 알았는데…… 흑흑."

"우린 살았어!!"

환호성을 지르는 사람들.

"다행입니다. 거점이 무사해서."

무열은 그들을 바라보며 이제야 긴장감이 풀린 듯 말했다.

"네, 이게 모두 무열 님 덕분입니다. 감사드립니다."

강찬석은 진심을 담아 고개를 숙이며 말했다.

"정말…… 감사합니다!!"

"생명의 은인이십니다!"

"와아아아———!!!"

그의 말과 동시에 거점에 있던 모든 사람이 무열을 향해 환호성을 질렀다.

두근.

자신을 향해 눈물을 흘리며 기뻐하는 그들을 보자 무열은 다시 한번 가슴이 뛰었다.

'다행이다.'

자신이 할 수 있어서. 일개 병사였던 그가 수백 명을 살릴 수 있어서.

고개를 돌리면 죽음만 있었던 전장이 아닌, 자신의 힘으로 사람을 살렸다는 것. 그건 말로 표현할 수 없는 일이었다.

'더…….'

무열은 미래의 정보를 알 뿐 그 본질은 평범한 사람이다. 두렵지 않을 리가 없다.

'앞으로 나가야 한다.'

하지만 그 정보 하나로 죽었을 사람들을 살리고 자신의 미래마저 스스로 개척했다.

이 두 손으로 얻은 결과.

고양감.

무열은 그들을 바라보며 처음으로 그걸 느꼈다. 그와 동시에 이곳의 사람들이 자신이 권좌에 오르는 터가 되리란 것을 본능적으로 깨달았다.

'이걸 잊지 말아야 한다. 지금 이 기분을. 그렇지 않으면 그 이전의 강자들과 다르지 않게 된다.'

밑바닥에 있었기 때문에 처절하게 느꼈던 것들.

'권좌에 오르기 위해서 필요한 이들을 도구가 아닌 사람으로 대해야 한다.'

바로 그가 경험했으니까. 전쟁의 도구로써.

'최혁수.'

그자처럼 되지 않겠다. 오로지 승리만을 좇아 사람의 목숨을 아무렇지 않게 사용하는 것도.

'이지훈.'

그 녀석처럼도 되지 않을 거다. 강한 무구를 얻고도 아무것도 하지 않고 자신의 권세가 죽어가는 것을 보고만 있는 짓도.

결코 쉬운 길이 아니다. 저번 생에선 모든 걸 다 쏟았지만 고작 병사에 그치지 않았던가.

하지만.

'할 수 있다.'

이제 오직 자신만이 할 수 있는 것.

바로.

'스킬 창조.'

세븐 쓰론의 모든 기술은 스킬화된다. 전투술 이외에도 말을 타는 것, 지도 제작, 대장 기술…… 심지어 밥을 짓는 법이라든지 낚시마저도 스킬이 되어 숙련도가 올라갈수록 더 높은 랭크에 도달할 수 있는 것이다.

하지만 단순히 반복을 한다고 되는 것이 아닌 특정한 조건을 만족시켜야 한다.

'무턱대고 휘두른다고 모두 스킬이 되는 게 아니다. 강검술 같은 경우도 정확한 자세로 제대로 된 검식을 펼쳐야만 했다.'

그렇기에 무열만이 가능한 일.

평범한 그가 강자를 뛰어넘어 그들을 자신의 산하에 둘 수 있는 방법.

독식(獨食).

꽈악.

곡도를 잡은 손에 힘이 들어간다.

'이 세계의 모든 스킬을.'

부웅-!!

서걱-!!! 스팟-!!!

이른 새벽, 밤공기를 차갑게 가르는 검풍의 소리가 들렸다.

"후우……."

온몸이 땀에 젖은 상태. 아지랑이처럼 어깨에서부터 정수리까지 새하얀 김이 피어오르고 있었다.

"오늘도 여전히 계시네요."

강찬석은 무열의 수련을 보며 경탄을 금치 못했다.

퍼스트 킬 이후 보름. 거점을 안정화하느라 정신이 없어 사람들은 몰랐지만 강찬석만큼은 무열을 유심히 살폈다.

'마치 준비된 것처럼 움직인다.'

이다음 무엇을 해야 할지, 그리고 또 자신에게 무엇이 필요한지 머릿속에 계획된 것처럼.

세븐 쓰론에 처음 인류가 징집되고 완전히 새로운 환경과 새로운 대륙에서 그들이 약해진 가장 큰 이유는 바로 무엇을 해야 할지 모른다는 것 때문이었다.

갑작스러운 변화에 적응하지 못한 채 사람들은 몬스터에게 절명했다.

그리고 강찬석 역시 거점을 만들었다고 하지만 여전히 앞으로의 일은 알 수 없었다.

'하지만 저 사람은 다르다.'

거점으로 돌아온 무열이 가장 먼저 시작하고 아직까지 꾸준히 하는 것. 그건 다름 아닌 수련이었다.

당연히 해야 하는 일처럼. 무열은 밤이 찾아오면 정해진 시간에 정확하게 수련을 했다. 그리고 동이 트면 해가 질 때까지 거점을 벗어나 뭔가를 하는 듯 보이지 않았다.

'도대체 잠은 언제 자는 건지……. 대단하군.'

부웅.

마지막으로 곡도가 횡으로 그어지는 순간 강찬석은 무열의 수련이 끝났다는 걸 알았다.

'제법 체력이 붙었다.'

보름 전과 확실히 달랐다. 강검술을 펼치고 나서도 그다지 지치지 않았다. 차곡차곡 올라가는 스테이터스를 보며 무열은 자신도 모르게 흐뭇했다.

그는 휴식도 하지 않고 자신을 극한까지 몰아붙였다.

"그러다 쓰러지시겠습니다."

이렇게 말했지만 강찬석은 보름 전만 하더라도 거친 숨을 몰아쉬던 무열이 지금은 호흡 하나 흐트러지지 않았음을 알았다.

　'확실히 훈련소에서 배운 훈련법이 도움이 됐어.'

　보름이라는 짧은 기간이지만 저랭크의 몬스터가 있는 만유 숲에서는 사냥보다 이 방법이 오히려 더 효과적이었다.

　무려 10년 뒤에나 만들어질 훈련법이었다. 검술 마스터인 검투사 이강호를 비롯해 창왕(槍王) 필립 로엔, 권사(拳士) 베이신 등 인간군에 소속된 강자들이 고안한 방법이었으니까.

　"허…… 몸이 어째 처음 뵀을 때보다 더 좋아지신 것 같습니다."

　강찬석은 감탄하며 말했다.

　극한에 가까운 훈련을 눈으로 봐온 그는 한눈에 봐도 무열의 변화를 알 수 있었다. 스테이터스의 상승은 곧 육체의 강함으로 이어진다.

　"별말씀을."

　경외심이 담긴 눈빛으로 그를 바라보는 강찬석과 달리 무열은 깊은 생각에 빠진 듯 보였다.

　조금 전 무열이 펼친 검격. 그것은 강검술 3식이었다.

　'역시. 아무리 검술을 펼친다 하더라도 스킬로써 사용되지 않는다. 역시 마스터리를 올려서 록(Lock)을 풀어야 하는 건가.'

　무열이 거점에 돌아오고 난 뒤 한 것.

그건 단순한 수련이 아니었다.

'스킬 창조.'

자신이 가진 능력에 대한 분석.

라이칸 던전에선 자신을 돌아볼 여유도 없었다. 4차 몬스터 침공을 막아야 한다는 생각뿐이었으니까.

그랬기에 이제야 그는 찬찬히 자신을 살필 기회를 얻었다.

"저는 도무지 해봐도 안 되던데…… . 허허, 역시 다르시네요."

강찬석은 멋쩍은 듯 말했다. 무열은 그에게 강검술의 기초를 가르쳤다. 애초에 강검술은 마력이 없는 부대원들을 위한 검술이었으니까.

하지만 스킬을 창조한 무열임에도 불구하고 그것을 강찬석에게 전수하는 건 불가능했다. 가르치는 것 역시 능력치와 관련 있다는 말.

'이강호가 이걸 창시했을 땐 아마…… 검술 마스터였을 테니. 이것 역시 마스터리와 관련이 있다는 건데.'

무열은 자신이 결국 세븐 쓰론의 시스템하에 있다는 것을 인정할 수밖에 없었다.

'분명 규칙이 있다. 창조라 하더라도 뭐든지 만들 수 있는 게 아니야.'

시간 역행.

'애초에 회귀라는 것 자체를 신이 모를 수 있을까.'

세계를 구성하고 차원을 만든 게 신인데.

락슈무의 섬뜩한 웃음이 무열의 기억 속에 아직도 남아 있었다. 자신들로서는 상상도 할 수 없는 영역의 존재.

'만약 그렇다면⋯⋯.'

무열의 전신을 훑고 지나가는 서늘함.

'여전히 신의 손바닥 아래 있다는 건가.'

꽈악.

'상관없다. 설령 그렇다면⋯⋯.'

무열은 곡도를 쥔 손에 힘을 주었다.

'지금은 마음껏 놀아나 주지. 하지만 네놈의 목덜미에 검을 꽂을 수 있을 만큼 강해져 기회를 준 것을 후회하게 만들어주겠다.'

날카롭게 변하는 그의 눈빛.

강찬석은 그걸 보며 불안한 듯 물었다.

"무슨 생각을 그렇게 하십니까?"

"아닙니다."

"그보다⋯⋯ 제가 말씀드린 건 생각해 보셨습니까?"

조심스러운 물음. 무열은 그가 생각할 여지도 없이 바로 고개를 천천히 저었다. 강찬석은 실망스러운 표정으로 한숨을 내쉬었다.

"재고의 여지는 없는 겁니까."

"네."

무열은 바닥에 벗어놓은 옷을 들었다.

며칠 전, 강찬석이 그를 찾아왔었다.

몬스터 웨이브를 막고 활기를 되찾은 거점에서 그는 새롭게 다시 시작할 수 있을 것이라는 희망을 얻었다.

그리고 지금 거점에 매우 필요한 사람.

무열.

"무열 님께서 이곳에 남아주시는 건 안 됩니까?"

강찬석은 힘겹게 얻은 평화를 지키고 싶었다.

그러나 무열은 안다. 4차 침공은 막았지만 분명 메시지창엔 '일시적'이라고 쓰여 있었다.

불안정한 평화. 그건 깨지기 십상이다.

"머물러 있어선 강해질 수 없습니다. 누군가를 지키고 싶다면……."

강찬석은 고개를 들지 못했다. 커다란 체구의 남자가 풀이 죽어 있는 모습이 묘하게 신선했지만 무열은 아무 말 하지 않았다.

확실히…… 생면부지의 자신들을 지켜달라니. 강찬석 본인이 생각하기에도 염치없는 부탁이다.

"죄송합니다."

자신이 내뱉은 말에 사과를 할 줄 아는 사람. 강찬석은 확실히 괜찮은 인물이다. 저런 부탁을 할 수 있는 것도 결국 그의 사람 됨됨이가 천성적으로 좋기 때문이겠지.

'재능도 재능이지만 이강호가 확실히 그를 첫 번째 제자로 받아들인 이유를 알겠어.'

무열은 고민했다. 권좌에 오르는 것은 곧 제왕이 되는 것. 강함은 절대적 요소지만 그 자리는 강하기만 해선 얻을 수 없다. 왕의 아래엔 사람이 필요한 법. 확실히 그를 얻기 위해선 그와 함께 움직이는 것이 좋긴 하다. 3거점의 사람들 역시 자신에게 호감을 갖고 있으니 좋은 발판이 되어줄 것이다.

하지만.

지금은 아니다. 일단 자신이 강해져야 한다. 앞가림도 하지 못하는 지금 동정심으로 움직이는 건 용기가 아닌 만용이다. 또, 강자의 아래엔 사람들이 자연스럽게 모이는 법이니까. 조급할 필요가 없다.

'그때가 진짜 시작이다.'

"잠시 소강상태가 되었다 하더라도 다시 시작되면 시간이 지날수록 습격해 오는 몬스터들도 강해질 겁니다. 전투 요원이 부족한 여긴 얼마 버티지 못할 겁니다."

무열이 강찬석을 바라봤다.

"……그래도 전 저들을 지키고 싶습니다."

그러자 그는 결심한 듯 무열에게 말했다.

생존, 사냥, 죽음.

목숨을 건 위기의 상황은 사람을 이기적으로 만든다. 하지만 강찬석은 그 위기를 겪고도 그대로였다.

"그렇습니까."

그때였다. 기다렸다는 듯 무열이 막사 안으로 들어갔다. 그러고는 상자에서 둘둘 말린 천 한 장을 꺼냈다.

"이건……."

그걸 보며 강찬석의 눈빛이 살짝 흔들렸다.

'스킬을 구현하기까지 꽤 애먹었었지. 훈련소에선 제작 스킬은 가르쳐 주지 않으니까. 그래도 전투를 위해 지도 분석 스킬을 배운 게 도움이 컸어.'

지도 제작(Cartography).

무열이 보름 동안 거점에서 대부분의 낮 시간을 할애한 이유가 바로 이것 때문이었다.

'게다가 만유숲이라 다행이다.'

거점 주변을 탐색하고 이후 작성을 반복.

무열은 눈을 감고도 알 수 있을 만큼 이곳의 지리에 익숙했기에 지도를 만들기 쉬웠다. 만약 다른 곳의 지도를 작성하는 걸로 스킬을 구현하려고 했다면 더 힘들었을 것이다.

〈생산 스킬〉

[지도 제작 : 15%(E랭크)]

'물론 갈 길이 멀지만…….'

지금은 이걸로도 충분했다. 스킬을 구현하고 하지 않고는 정밀도에서 비교할 수 없을 정도의 차이가 있으니까.

'지도 제작은 D랭크가 되는 순간부터 진짜 빛을 발하니까.'

단순히 생산 스킬만 본다면 큰 메리트가 없는 능력일지 모른다. 게다가 올리기도 힘들다. 숙련도를 높이기 위해서는 새로운 지역의 지도를 만들어야 하기에 생산 스킬임에도 위험 요소도 동반하고 있어 쉽사리 고랭크가 나오지 않았다. 부대가 창설되고 호위가 생기기 전까지.

'하지만 가장 필요한 스킬이지. 특히 이곳에서.'

무열은 이미 그 뒤를 생각하고 있었다.

'언제 이런 걸……? 보면 볼수록 놀랍구나.'

강찬석은 무열이 꺼낸 지도를 보며 다른 의미로 놀라지 않을 수 없었다. 그 역시 탐색을 하며 만들고 있었으니까.

하지만 자신의 것과는 비교할 수 없을 만큼 정교한 지도.

"여기가 우리가 있는 곳입니다."

둥글게 표시된 위치에서 만유숲의 골짜기 뒤편 커다란 길을 따라가는 곳 끝에 또다시 무열은 둥근 원을 그렸다.

"당신이 정말로 사람들을 지키고 싶다면."

그리고 거기서 다시 한번, 마치 길을 개척하듯 선을 그었다. 강찬석의 시선도 함께 따라 움직였다.

"이곳으로 가세요."

손이 멈춘 곳.

"요새 도시, 트라멜."

"……!!!"

그 말에 강찬석의 눈동자가 동그랗게 커졌다. 어쩌면 이건 무열이 그에게 내는 시험일지 모른다. 그리고 그 자신의 도박이기도 했다.

"6개월 뒤, 이곳에서 만납시다."

순간, 막사 안에 긴장감이 감돌기 시작했다.

"……요새 도시?"

강찬석은 무열의 말에 살짝 놀란 듯 되물었다. 그가 만든 3거점만 하더라도 지금 정도의 인원이 모이기까지도 우여곡절이 많았다. 하지만 도시라고 불리기엔 턱없는 상태. 너무나도 오랜만에 들어보는 그 단어에 강찬석은 심장마저 두근거렸다.

"지금쯤이면…… 아마 1천 명 가까운 사람이 모여 있는 곳일 겁니다. 현재로서 대륙에서 가장 큰 거점 중 하나죠."

무열은 기억을 더듬으며 말했다.

트라멜.

일명 요새 도시라고 불리는 이 성채는 향후 이강호의 첫 거점이 되는 곳이다.

멀지 않은 곳에 있는 D급 던전인 푸른 바위 갱도를 공략한 뒤부터 그곳의 바위를 채광하게 되면서 단단한 성벽을 만들 수 있게 된다.

최초의 성벽 도시. 이 때문에 트라멜은 요새 도시라는 명성을 얻었다.

'아직은 푸른 바위 갱도가 공략되지 않은 상황. 방어 시설은 3거점과 비슷하지만 뒤에 있는 절벽과 둘러싸인 강으로 그곳만큼 훌륭한 천연 요새도 없지. 많은 사람이 모여 있다는 것도 사실이고.'

무열은 잠깐 과거의 그곳을 떠올렸다.

사실 망설였다.

'이강호의 거점이 되는 곳이니까.'

강찬석에게 트라멜에 대해 알려주는 것이 옳은 선택인가. 혹시라도 이강호와의 만남을 자신이 앞당기게 되는 게 아닐까 하는 걱정.

'하지만 그건 검투사가 군주 특성을 개화한 뒤니까. 최소 2년 후에 일어날 일이다.'

최강이라 불렸던 그도 아직은 자신과 마찬가지로 도전자에 불과하다.

그러니.

'내가 먼저 그곳을 취한다.'

그렇게 되면 아무런 문제도 되지 않는 일이다. 생각이 굳어지는 순간 무열의 눈동자가 이채를 띠었다.

"정말로…… 그런 곳이 있습니까?"

강찬석은 무열의 말이 믿기지 않은 듯 어리둥절한 표정으로 물었다.

하긴, 매일 쏟아지는 몬스터에 기껏해야 근처밖에 탐색하지 못한 상황이었다.

"사람들을 모두 데려간다면 족히 한 달은 꼬박 가야 하겠군요."

3거점엔 전사들도 있었지만 일반인도 많았다. 때문에 평범한 사람의 걸음 속도를 생각하면 시간이 더 소요될지도 모른다.

그 정도로 먼 거리. 게다가 사이사이에 있을 위험 요소들.

만약 그의 말을 믿고 갔는데 거점이 없다면?

그렇게 되면 낭패다. 다시 돌아가는 것도, 새로운 지역에서 정착하는 것도 모두 어려운 일이니까.

쉽사리 결정을 내리기 어렵다.

그리고 강찬석의 고민을 무열은 단번에 알았다.

'예상했던 상황.'

이미 생각해 둔 답은 있다.

"믿고 안 믿고는 스스로 결정을 해야 할 일이겠지만 확실히 거점은 있습니다. 제가 그곳에서 왔으니까요."

"그게 정말입니까?"

예상대로 무열의 말에 강찬석의 눈빛이 달라졌다.

"물론입니다."

사실은 이강호의 검병부대에 소속되었을 때 처음부터 쭉

트라멜에서 살았던 무기고의 대장장이에게 들은 이야기일 뿐이다.

"그렇지 않고서야 이렇게 지도를 그릴 수 없겠죠."

"하긴……."

무열의 자신감 넘치는 대답에 강찬석은 고개를 끄덕일 수밖에 없었다.

"확실히 사람들과 의논해 볼 일이라 생각됩니다. 결정은 그 뒤에 하겠습니다."

그의 대답에 무열은 빙긋 웃었다.

'쉽지 않을 거다. 분명 이곳에 남겠다는 사람들도 있을 테니까. 내 말을 믿지 않는 사람도 있고.'

하지만 그건 강찬석의 몫이다.

책임.

당연히 짊어져야 하지만 가장 무겁고 힘든 말이다.

'권좌를 향할 사람이라면 언젠가는 겪을 일.'

모든 사람을 떠안을 수는 없다. 과연 그들이 어떤 선택을, 어떤 결정을 내릴지 무열조차 모른다. 하지만 적어도 분명한 것은 강찬석만큼은 다시 만날 수 있을 거라는 것이다.

'3거점이 전멸한 후에도 그는 결국 트라멜로 왔다. 물론, 지도도 없는 상황에서 우여곡절이 많아 오래 걸렸지만.'

하지만 이젠 상황이 바뀌었다.

'허비될 그 시간을 내가 줄여주는 거다.'

강찬석.

무열은 자신이 원하는 첫 단추인 그가 돌봐줘야 할 사람이 아닌 스스로 커야 할 사람이라는 걸 알고 있었다. 단지 무열은 그가 헛되이 버리게 될 시간을 줄여 더 강해질 기회를 주는 것, 그걸 하려는 것뿐.

"참, 이걸……."

강찬석이 상자 속에서 뭔가를 꺼냈다. 만유숲에서 얻은 리자드맨의 가죽 위에 엉성하지만 서펀트의 비늘이 덮여 있는 갑옷.

"조금 전에 완성되었습니다. 가장 먼저 제작된 걸 드리고 싶어서 가져왔습니다."

팅.

손가락으로 비늘을 퉁기자 파르르 떨렸다.

무열은 그걸 보며 생각했다.

'여기서 할 일은 다 한 건가.'

얻을 수 있는 건 모두 얻었다. 그리고 해야 할 일도 모두 끝냈다.

"떠나시는 겁니까?"

강찬석의 입술이 들썩였다. 그리고 차마 하지 못한 말을 마음속으로 삼켰다.

'나도…… 함께하고 싶다.'

맹렬한 전투 속에서 살아남으면서 사냥을 할 때 느낀 그 희

열감은 전사라면 절대로 잊을 수 없다.

'또 그렇게 싸워볼 수 있을까?'

강찬석의 가슴속엔 3거점의 사람들을 지켜야 한다는 마음과 강해지고 싶은 순수한 열망이 싸우고 있었다.

어느새 세븐 쓰론에 살아남는 것만을 생각하던 생존자가 하나의 검으로 바뀌어 가고 있었다.

"저……!"

돌아서는 그를 강찬석이 불렀다.

"6개월 뒤."

무열의 발걸음이 멈췄다.

"꼭 다시 만날 수 있으면 좋겠습니다."

그의 한마디에 무열은 옅은 미소를 지었다.

"갑옷, 잘 쓰겠습니다."

촤르륵.

막사의 문이 열렸다. 격렬한 전투 후 찾아온 단잠에 모두가 빠져 있을 때 무열은 새로운 여정을 준비했다.

'6개월 안에 돌아오겠다.'

지금은 처음이 아닌 반년이 지난 시점. 이미 D랭크를 뛰어넘은 자들도 있을 것이다. 따라가야 할, 아니, 뛰어넘어야 할 자가 많았다.

'한 걸음, 한 걸음씩 가는 거다.'

하지만 더 이상 후회는 없다. 반년이 아닌, 처음부터였으면 더 좋을 텐데 같은 욕심을 부리지 않는다. 그 시간이 지났기 때문에 강찬석을 구할 수 있었고 신뢰를 쌓게 된 것이니까.

지난 삶에서 뼈저리게 느꼈다. 뒤늦은 후회를 할 시간에 한 발자국이라도 더 움직이는 것이 옳은 선택이라는 걸.

무열의 시선이 북쪽을 향했다.

'랭크 업 던전, 불꽃 첨탑. 거기부터 공략한다.'

쉽지 않은 길이다. 북쪽은 아직 제대로 탐사가 되지 않은 지형. 그렇기 때문에 안전지대란 없다.

시시때때로 튀어나오는 몬스터들. 언제 시작될지 모르는 웨이브. 게다가 더 이상은 몬스터만이 적이 아니다. 사람조차 적이 되는 환경.

'그래, 사람……'

그때였다. 무열의 머릿속으로 한 가지 기억이 스쳐 지나갔다.

'첨탑으로 가는 길목이라면 그자가 있겠군.'

그 순간 그는 묘한 표정이 지었다.

"산군(山君)."

입꼬리가 살짝 올라갔다.

정말 오랜만에 불러 보는 이름이 아닌가.

"조태웅."

세상엔 수많은 사람이 있다.

대부분은 세계를 구성하는 톱니바퀴 같은 일반인이지만 개중에는 영웅도 있고 악인도 있다. 그런 소수의 인물이 세계를 움직일 터.

그건 세븐 쓰론도 마찬가지다.

그리고 검투사 이강호가 바로 그런 소수의 대표적인 인물이었다.

절대 강자.

하지만 다른 의미로 조태웅 역시 세계를 움직였던 손 중의 한 명이었다.

'확실히 특이한 사람이지.'

악인은 아니다. 그렇다고 영웅도 아니다. 하지만 어쩌면 그소수의 인물 중에서도 가장 기억에 남는 사람이 아닐까.

190㎝가 넘는 다부진 체격에 부리부리한 눈썹, 호탕한 성격, 그리고 거기에 걸맞은 실력까지. 각진 얼굴엔 자존심과 고집이 딱 느껴질 정도로 대단한 남자였다.

'조태웅.'

북쪽에 있는 거대한 숲인 장문산 깊숙한 곳에 특이하게 거점을 잡은 남자. 인간군 중에서 이강호의 산하에 들어가지 않은 유일한 세력이었다. 게다가 본디 북쪽의 강자였던 미국의 휀 레이놀즈의 권세조차 조태웅만큼은 건들지 않았다.

두 세력 사이에 끼인 형국이라 누가 봐도 바람 앞의 등불 같았지만 신기하게도 그는 어디에도 소속되지 않고 끝까지 자신의 거점을 지켜냈다.

'율도천.'

그의 거점의 이름이다.

인원수로만 본다면 큰 세력은 아니다. 기껏해야 500여 명 남짓. 게다가 하는 행동도 언뜻 보기엔 거친 산적처럼 보이고 종잡을 수 없다.

의외로 그를 따르는 세력은 강하다.

'하나하나가 실력도 좋았지.'

율도천에 소속된 부대는 모두가 B랭커 이상이었으니까. 게다가 조태웅 자신도 SS랭커. 대륙 최강자들보다는 한 단계 아래지만 자신보다 상위의 랭커마저 무시해 버리는 기백.

'중요한 건.'

이강호가 인간군 권좌에 오르며 모든 인간군을 통합했을 때에도 그는 조태웅을 자신의 산하에 포함시키지 않았다.

'검투사마저 그를 부하가 아닌 하나의 세력으로 인정했다는 것.'

인간군 유일무이한 독립 세력.

울턴 협곡 전투, 토린 부족 섬멸전, 요란의 던전 브레이크까지……. 소규모지만 그렇기에 오히려 특무대(特務隊)가 되어 수많은 전적을 올렸다.

'그를 얻는다면 분명 큰 힘이 되겠지.'

무열이 조태웅을 본 건 먼발치에서 몇 번이 고작이었다. 호인이지만 속내는 어떤지 모른다.

권좌에 오르기 위해서는 자신을 따르는 충신만으로 모두를 채울 순 없다. 반골(反骨)의 상일지라도 능력이 있다면 사용할 수 있는 포용력 역시 필요한 법이다.

'충신이 될지 역적이 될지는 후에 알게 되겠지.'

조태웅이 이강호를 배신한 적은 없다. 적어도 자신이 아는 과거엔. 그렇다면 사용할 가치가 있는 남자라는 말.

무열은 그렇게 결정을 내리자 자신도 모르게 피식하고 웃고 말았다. 강찬석과 조태웅. 전혀 다른 성향의 두 사람이지만 생각만 해도 재밌는 조합이 아닌가. 적어도 둘의 느낌을 아는 무열로서는 그들의 상성이 기대되었다.

'물론, 권좌에 오를 내가 그들보다 뒤떨어진다면 이뤄낼 수 없는 일.'

그는 옮기는 걸음에 힘을 주며 생각했다.

'가장 먼저 해야 할 건 랭크 업이다.'

두 사람뿐만 아니라 대륙의 많은 강자와 어깨를 나란히 하기 위해선 그 자신이 같은 위치에 서야 할 테니까.

남은 건 노력뿐이다.

미래에 존재하는 스킬들을 알고 그것을 토대로 강해질 것이다.

'치열하게 살 테다. 그래서 반드시 정상에 오르겠다.'

이제는 단순히 원래 세계로 돌아가기 위해 자신이 하겠다는 게 아니다.

3거점의 사람들을 보며 느낀 것. 그게 권좌를 노리는 자가 가져야 할 가장 중요한 마음가짐이었다.

'이미 그 첫 단추는 잘 꿰었다.'

앞으로 두 번째, 세 번째 역시 자신이 생각한 대로 이어가리라 무열은 다짐했다.

저벅, 저벅, 저벅.

어느새 그에겐 지난 생에는 없었던 확신에 찬 눈빛이 반짝이고 있었다.

"후우⋯⋯."

무열은 조금 지친 듯 호흡을 가다듬었다. 그의 주변에 너부러져 있는 사체는 북쪽 지역에 주로 서식하고 있는 레드 울프(Red Wolf)들이었다.

던전을 향해 가는 길목. 카스테욘숲에서 무열은 지도를 작성하며 길목을 따라 걷고 있었다.

[깨갱⋯⋯.]

그의 발아래에서 애처롭게 울고 있는 늑대.

타닥-!! 타닥--!!

힘을 준 발을 떼자마자 레드 울프는 뒤도 돌아보지 않고 도망쳤다.

"좋아, 드디어 이쪽 지형도 끝났군."

주어진 시간은 많지 않다. 지도를 제작하는 것이 어쩌면 그의 여정을 지체하게 만드는 것일지도 모르지만 해야 했다.

'나중에 권세끼리의 전투에서 지도가 있고 없고는 엄청난 격차를 만든다.'

전략과 전술. 그 밑바탕엔 지도가 있으니까.

무열은 틈틈이 몬스터들을 사냥하며 북쪽을 향해 올라가고 있었다.

'다른 곳은 몰라도 여긴 조사할 필요가 있다.'

치이이익———!!!

갈기갈기 찢긴 몬스터들의 사체가 연기를 뿜으며 산화되면서 그의 인벤토리 안으로 마석들이 들어왔다.

"마석도 이제 꽤 모였는걸."

라이칸스로프, 델리카, 그리고 서펀트까지 현존하는 고위 몬스터들을 사냥하면서 무열의 인벤토리엔 어느새 제법 많은 양의 마석이 쌓였다.

'모을 수 있을 때 최대한 많이 모아둬야 한다.'

마석은 다양한 곳에 쓰인다. 화폐 대신으로도 사용되면서 나중에 생길 무인 상점에서도 사용되고 때로는 재료로도 쓰이니까.

'나중에 종족 전쟁이 시작되면 몬스터를 잡아 마석을 모을

시간도 없을 테니까.'

무열은 피로한 다리를 잠시 나무에 기대어 주무르면서 생각했다.

"역시…… 1순위로 사야 할 건 라이딩(Riding) 스킬이겠지."

거점 상점에서 파는 특수 스킬 중 하나.

가격이 비싸서 초반엔 아무도 관심을 가지지 않은 스킬이었다. 스킬북을 얻지 못한 사람들은 전 재산을 털어서라도 어떻게든 공격 스킬부터 구입을 하려고 했으니까.

하지만.

'세븐 쓰론의 대륙은 넓다.'

상상하지 못할 정도로.

계속해서 이렇게 걸어 다닐 순 없다. 뿐만 아니라 대륙엔 달리기만으로는 갈 수 없는 곳도 많다. 그런 곳이야말로 숨겨진 비밀이 많은 법.

'솔직히 몬스터를 타는 건 테이밍(Taming)에 가깝다고 봐야겠지.'

마지막 전장에서 비룡을 타고 상공을 날던 비검(飛劍)부대의 모습이 기억에 생생했다.

하늘, 땅, 그리고 바다.

'길을 제압하는 자가 이긴다.'

누구보다 빠르게 움직이고 누구보다 먼저 도달한다. 그러기 위한 밑거름이 지도였다.

무열은 서펀트에게서 얻은 액세서리를 만지작거리면서 생각했다.

'녀석들은 자신보다 약한 자는 태워주지도 않지.'

하지만 그런 걱정은 불필요한 것.

"카앙!!!"

촤자작-!!

무열의 곡도가 자연스럽게 춤을 추듯 흩날렸다. 둥지 안에서 뛰쳐나오는 몬스터에 눈길조차 주지 않는다.

서걱.

강검술 2식이 번뜩이면서 빛을 뿜어내자 단숨에 레드 울프의 모가지가 날아가 버렸다.

스스스스슥.

마지막 남은 한 마리.

레드 울프의 소굴을 모두 쓸어버린 그는 가벼운 마음으로 입구로 향했다.

그때였다.

숲길 양옆으로 자라나 있는 풀들. 어디에서나 볼 수 있는 것들이라 특이한 것은 없었다.

스스스스스슥.

그냥 지나쳐도 될 일이었다.

하지만.

'뭔가…… 이상한데.'

흔들리는 모양새가 자꾸만 무열의 눈에 거슬렸다. 신경이 쓰였다. 과민 반응일 수도 있다. 무열은 자신도 모르게 곡도를 쥔 손에 힘이 들어갔다.

그 순간, 자라나 있는 풀이 양옆으로 갈라졌다.

"······!!!!"

그 사이로 튀어나오는 검은 인영에 무열은 쥐고 있던 곡도를 뻗으려다 황급히 회수했다.

자칫 잘못했다면 상대의 목이 달아날 뻔했다.

"도······ 도와주십시오."

풀숲에서 갑작스럽게 튀어나온 피투성이 남자.

"······."

잠시 가만히 그를 내려다보던 무열은 살짝 인상을 찡그렸다.

검상. 맹수의 갈퀴가 아닌 사람의 무기로 당한 상처.

"푸······ 우웁!!!"

붕대로 어떻게 할 수 있는 상태가 아니었다. 무열의 품 안에서 한 움큼 피를 토하며 쓰러지는 남자. 가까스로 붙어 있던 숨마저 멈춰 버렸다.

"2주 만에 처음으로 만난 사람인데······."

시체를 바닥에 눕히며 귀를 기울였다.

수풀이 꺾인 방향 멀리서 병장기가 부딪히는 소리가 들리는 것 같았다. 그리고 좀 더 가까운 곳에서 느껴지는 발소리. 아마도 숨이 끊어진 이 사람을 뒤쫓아 오던 사람들이 틀림없을 것이다.

그 순간, 무열의 눈빛이 날카롭게 변했다.

"찾았군."

7장
생각지 못한 만남

"허억, 허억, 허억⋯⋯!"

다리가 후들거렸다. 얼마나 달린 지 모를 정도로 입술이 바짝바짝 마르고 있지만 다리를 쉴 순 없었다.

"찾아!!!!"

"어서 흩어져!!"

"이 새끼, 잡히기만 해봐!!!"

나무들 사이사이로 들려오는 거친 목소리에 후들거리던 다리가 저절로 움직였다.

'제길! 내가 미쳤지⋯⋯!!'

남자는 이를 악물며 속으로 수십 번 욕지거리를 내뱉었다.

죽을힘을 다해 뛰고 있지만 그의 속도는 그다지 빠르지 않았다. 기껏해야 일반인보다 조금 나은 정도. 그것만 봐도 전투에 익숙하지 않은 사람이라는 것을 알 수 있었다.

'아파 죽겠네!!'

그러나 외관만 본다면 마치 전쟁터에서 튀어나온 것 같았다.

너덜너덜해진 옷. 그리고 전신에는 크고 작은 상처들이 보였고 피가 흘러내리고 있었다. 거기에 날카로운 검상.

'제길, 사람이 안 하던 짓 하면 이렇게 된다니까. 내가 미쳤지……!'

남자는 인상을 구겼다.

숲은 생각보다 깊어서 살기 위해 마구잡이로 뛰어다닌 그에겐 더 이상 제대로 된 방향조차 보이지 않았다.

'길까지 잃은 건가? 젠장, 재수 옴 붙었군. 그냥 그대로 돌아가는 거였는데.'

이대로 도망치다가 녀석들하고 맞닥뜨리면 끝이다. 더 이상 여기저기로 달아나는 것보다 그는 나무 아래에 숨는 것을 택했다.

'못 본 척했어야 하는데.'

뒤늦은 후회를 해봤자 소용없는 걸 알면서도 남자의 머릿속이 복잡했다.

그럴 수밖에. 목숨은 하나니까.

'그 아저씬 잘 도망쳤나 모르겠네.'

숲에 들어오면서 추격을 따돌리기 위해서 흩어진 동료를

생각하며 남자는 입맛을 다셨다.

'뭐…… 잠깐 맺었던 파티였으니까.'

그렇게 스스로를 합리화했다. 그렇지 않고서는 버틸 수 없었다.

짭짜름하고 씁쓸한 피 맛이 입안에 감돌았다.

"퉷."

시커먼 핏덩이가 한 움큼 입에서 튀어나왔다.

"잡히면 죽는다."

결과적으로 자신이 저질러 버린 일.

목숨과 목숨이 오가는 이곳에서 알량한 자비 따위는 정말 쓸데없는 짓이라는 걸 그는 뼈저리게 느꼈다.

'다시는 이런 짓 안 해.'

남의 사정 따위 봐주는 게 아니었는데.

그는 한숨을 내쉬었다. '다시는'이라는 말은 지금 상황에서 필요 없는 것일지도 모르기 때문이다.

이렇게, 죽는 건가…….

"이 새끼 어딨어!!!"

"보는 즉시 죽여 버려!!!"

"나머지 도망간 놈은 찾았어?"

"걱정 마. 그 새끼 등에 내가 칼침을 놨으니 얼마 못 가 뒈지겠지. 나머지 애들이 시체 찾아올걸."

계속해서 들려오는 목소리들. 한두 명이 아니다.

"젠장……."

이대로 끝인가?

"여기다!!"

풀숲을 헤치고 튀어나온 투박한 남자가 자신을 가리키며 소리를 질렀다.

"……!!!"

그와 동시에 남자의 눈앞으로 커다란 군화가 날아왔다.

퍼어억-!!!!

"컥……!!"

숨이 턱 하고 막히는 기분과 동시에 그의 허리가 새우 등처럼 굽어졌다. 아찔한 고통에 남자는 바닥을 몇 번이나 구르며 어떻게든 참아보려고 노력했다.

퍽!! 빠각……!!

하지만 연신 이어지는 발길질에 남자는 참기는커녕 비명을 지를 기회조차 없을 지경이었다.

"……."

그런 광경을 풀숲 안쪽에서 유심히 지켜보고 있는 사람.

무열이었다.

죽은 몬스터는 산화되면서 마석을 남긴다.

세븐 쓰론에 있는 사람이라면 모두가 아는 사실.

하지만 그건 몬스터뿐만이 아니다. 이곳에 있는 모든 생명체는 죽는 순간 자신이 보유하고 있던 마석을 드랍한다. 때때로 착용 중이었던 아이템이나 스킬북도 확률적으로 떨어지기도 한다.

중요한 건.

'죽는 순간 마석은 무조건 드랍된다는 점. 그것도 소유하고 있는 모든 것을.'

다시 말해.

'마석을 얻기 위한 방법은 몬스터 사냥만이 아니다.'

속칭, PK(Player Killing).

사람을 죽여서 그가 가지고 있는 마석을 빼앗는다. 아이템까지 떨어지면 금상첨화. 강자가 하나둘 두각을 나타낸다 하더라도 약자는 널리고 널렸다. 특히나 이제 겨우 반년밖에 되지 않은 시점이라면 더더욱 그럴 것이다.

'더러운 수법이지만.'

하지만 힘들게 네임드를 잡는 것보다 단시간에 마석을 모을 수 있는 가장 편한 방법이기도 했다.

'……'

무열은 앞을 바라봤다.

"하나, 둘, 셋, 넷, 다섯……."

낮은 목소리로 남자를 둘러싸고 두들겨 패고 있는 그들의 숫자를 셌다.

'반년밖에 안 됐는데 벌써 PK가 시작되다니. 오히려 늦었다고 봐야 하나? 인간의 적응력은 대단하다고 해야 할지. 아니면……'

이게 진짜 본성이라고 해야 할지.

입맛이 씁쓸했다. 북쪽을 향하던 도중에 그가 이곳에 들른 이유. 바로 이곳, 카스테욘숲은 플레이어 킬러들의 거점이 시작되는 곳이었기 때문이다.

단순한 정의감은 아니다. 필요한 일이었고 해야 할 일이었기 때문이다. 이곳에 성채를 짓고 본격적으로 랭크 업을 위해 첨탑을 향하는 사람들을 노리던 집단은 1년 뒤 거대한 조직이되어 북부의 생존자들을 거침없이 학살했다.

이 당시엔 제대로 된 군주도, 거점도 없는 상황이었으니까.

'인간군 4강의 권세가 정착되기 전까지 이곳에서 많은 사람이 죽었었다.'

무열이 처음 수풀을 뚫고 나타난 부상자를 보고도 놀라지 않은 이유였다.

언젠가.

대륙의 가장 큰 정보 단체, 이클립스(Eclipse).

그곳의 클랜 마스터였던 바이칼 가르나드는 항상 습관처럼 말했었다.

"카스테욘숲에서 내 동료를 잃지 않았다면 지금쯤 이 자리는 그의 것이 되었을 것이다."

S랭커였던 그가 인정했던, 그만큼 피어보지도 못한 유능한 자들이 이곳에서 헛되게 목숨을 잃었다.

'그들 모두가 나와 연관이 있으리라고 생각할 순 없지만⋯⋯.'

적어도 헛된 죽음만큼은 막고 싶다. 지금보다 더 잔혹한 큰 전쟁이 기다리고 있으니까.

'물론, 여기에 있는 녀석들은 절대 그런 생각을 하지 못하겠지.'

숲을 오가는 사람들의 목숨을 빼앗고 편하게 마석을 훔친다. 만약에 마석이 없다 하더라도 개의치 않는다. 게임처럼 붉은색으로 이름이 바뀌는 것도 아니고 그들을 벌할 법도 없으니까.

하지만 무열이 놀란 건 단지 이곳이 인간 사냥꾼의 소굴이라서가 아니다.

살해, 죽음.

15년간의 전장에서 그보다 더한 것들도 숱하게 봐오지 않았던가.

그러나 이건 다르다.

'⋯⋯이런 데서 볼 줄은 정말 꿈에도 몰랐는데.'

정말 생각지도 못한 우연. 무열은 남자에게서 시선을 떼지 못했다. 충격을 받은 것 같은 표정.

퍼억!!

퍽……! 퍽……! 퍽……!!!

발길질 소리가 신나게 숲을 울렸다. 그리고 그와 함께 맥없는 비명이 힘겹게 들렸다.

"으…… 악!! 사, 살려……! 아아아아악……!!!"

연신 두들겨 맞고 있는 남자를 두 눈으로 보고 있으면서도 무열은 믿기지 않았으니까.

보는 사람으로 하여금 안쓰러울 정도의 모습.

저런 모습은…… 단 한 번도 상상한 적 없다. 아니, 상상할 수도 없었다.

무열은 그를 바라보며 낮은 목소리로 중얼거렸다.

"……최혁수?"

어찌 그를 잊을 수 있겠는가.

불세출의 책사.

인간군 4강 캔슬러(Canceler) 휀 레이놀즈, 불멸자(不滅者) 염신위, 번개군주 안톤 일리야, 그리고…… 검투사 이강호까지. 4명의 군주는 인간군의 권좌를 놓고 다퉜다.

그중에서, 5대 제자와 함께 이강호를 정점에 올린 주역.

'세븐 쓰론에서 가장 강렬한 삶을 살았고 죽고서도 가장 많은 입에 오르내렸던 인물.'

사람들은 말한다. 만약 그가 3년만 더 살았더라면 6대 종족 전쟁에서 승리하는 건 인간군이었을지도 모른다고.

하지만 무열은 얻어맞고 있는 최혁수를 바라보며 머릿속이 복잡했다.

"병신 같은 새끼, 제 몸 하나 건사하지 못하는 주제에. 나대기는 왜 나대?"

"이런 놈들이 골로 가는 게 바로 여기지."

"야, 됐으니까 얼른 죽여 버리고 산채로 돌아가자. 곧 일몰이야."

"크…… 크크…….."

이유는 하나. 최혁수의 주위를 에워싸고 그를 밟고 있는 남자들의 말들 때문이었다.

"그거 아냐? 네가 도망치게 하려고 했던 여자애들은 벌써 잡아서 잘 처리했다는 거."

"크크, 요즘 그런 애들 보기 힘든데 말이야. 거점이다 뭐다 생겨서는 다들 틀어박혀서 짜증 나게."

"아마 먼저 가서 기다리고 있을 테니 만나면 인사나 해주든가."

입맛을 다시는 소리. 구역질이 날 것 같은 그 말들에 더 이상 무슨 의민지 설명할 필요도 없었다.

'상황은 대충 알겠는데…….'

다만, 딱 한 가지.

이해가 가지 않는 건 상황이 아니라 사람이었다.

바로 최혁수.

'그가 누구를 도와줄 만한 인물이던가?'

희대의 천재라고 불리던 그였지만 병사들 사이에선 공포의 대상이었다. 인류가 수많은 전장에서 승리를 얻게 만들었지만 반대로 인류를 가장 많이 사지로 몰아세운 사람도 바로 그였으니까.

연민?

무열은 비소를 지었다.

'그딴 게 있을 리가 없다.'

자신이 최혁수를 알게 된 건 이강호가 권좌를 두고 다툴 즈음. 즉, 족히 7년은 더 지난 후의 일이다.

'그때와 다르단 말인가.'

그 역시 그 시간 동안 수라를 겪으며 변했던 걸까.

알 수 없다. 태생적으로 칼을 품고 태어난 사람인지 후천적으로 얻게 된 광기인지.

무열은 얻어맞고 있는 최혁수를 흥미로운 눈빛으로 바라봤다.

"이만 죽어라."

신나게 최혁수를 두들겨 패던 남자 중 하나가 날카로운 검을 뽑았다. 날에 맺힌 번뜩이는 빛이 제법 매섭게 최혁수의 목을 향해 날아왔다.

"흐이이익!!!"

비명과 함께 그가 눈을 질끈 감았다.

무열의 어깨가 자신도 모르게 들썩였다.

그 순간.

"거기까지."

목을 단번에 벨 것 같았던 검이 그 자리에서 멈췄다. 기다랗게 자란 풀들이 거칠게 양옆으로 맥없이 쓰러졌다.

들려오는 목소리에 모두의 시선이 움직였다.

풀을 가르고 나온 사람은 무열.

그는 바닥에 쓰러져 있는 최혁수와 남자들을 번갈아 가며 바라보더니 곡도의 끝을 들어 올렸다.

"넌 뭐야?"

"아, 씨발……. 오늘따라 거치적거리는 새끼들 더럽게 많네."

"다 죽여 버…… 켁!!"

퍼억-!!

제대로 말이 끝나기도 전에 둔탁한 소리와 함께 남자의 고개가 뒤로 휙 하고 젖혀졌다. 몸이 붕 떠올라 쓰러져 있는 최혁수 위로 날아가 저 뒤에 있는 풀숲으로 처박혔다.

"뭐, 뭐야?!"

"이 새끼가……!!!"

생각지도 못한 공격에 남자들은 다급히 외치며 무기를 겨

넜다. 검날이 무열을 향했다. 하지만 수년간을 전장에서 살았던 그의 눈에 그들의 자세는 너무나도 엉성하고 한숨이 나올 뿐이었다.

'능력은…… 그래도 E랭크 상위급인가.'

무열은 자신의 주먹에 정통으로 맞고서도 비틀거리며 풀숲에서 걸어 나오는 모습을 보며 생각했다.

'하긴 랭크 업을 하러 가는 길목이니 E랭커들을 상대할 만큼의 능력치는 되겠지.'

어느 정도 예상은 했다. 랭크로만 따진다면 무열이 그들을 모두 상대하는 것은 버거운 일이다. 하지만.

녀석들이 검을 뽑아 달려들었다. 단순한 위협이 아닌 목숨을 노리는 살의를 가진 검.

"이봐."

무열은 그 모습을 보며 한숨을 내쉬었다.

그의 말을 들을 생각도 없는 듯 녀석들은 다짜고짜 검을 휘둘렀다. 엉성하기 짝이 없는 검. 저 검에 몇 사람이 죽었을까.

부우웅-!!!

대각선으로 날아드는 검을 한 번 피했다.

부우웅-!!!

몸을 돌리며 두 번째를 피했다.

부우웅-!!!

세 번째마저 피하는 순간, 녀석의 다리가 엉켜 자빠졌다.

"이…… 씨바아아아아아아알!!!"

그 말을 끝으로.

"……."

최혁수는 할 말을 잃은 듯 멍한 표정으로 앞을 바라봤다. 자신의 눈을 의심하지 않을 수 없었다. 조금 전 자신을 공격하던 녀석들이 모조리 수풀 속에 드러누워 있었으니까.

그들의 엉성하게 휘두른 검은 몇 번을 베어도 무열에게 닿지 못했다. 몬스터를 사냥하는 것과 달리 인간 대 인간의 싸움에서 경험이란 극명한 차이를 만든다.

맞지 않으면 어떤 공격도 소용없다. 녀석들은 지금 자신이 어떻게 당한지도 모를 것이다.

"이 새끼…… 죽여 버린다."

이를 바득바득 갈면서도 녀석들은 하나같이 바닥에 엎어져 무열을 올려다볼 수밖에 없었다.

기형적으로 꺾여 있는 팔과 다리.

'부숴 버렸으니 당분간은 꼼짝 못 하겠지.'

무열은 쓰러진 녀석들에겐 관심도 없다는 듯 성큼성큼 앞으로 걸어갔다.

"흠."

"흐익……?!"

그 모습에 바닥에 쓰러져 있던 최혁수는 움찔하며 도망치려고 애썼다.

하지만 이미 풀려 버린 다리로는 아등바등해 봐야 볼썽사납게 애꿎은 바닥만을 긁을 뿐이었다.

"……."

무열은 그 모습을 보며 가볍게 피식 웃었다.

"괜찮습니까."

"살려주셔서…… 가, 감사합니다."

'이런 허술해 보이는 자가 희대의 책사라니……. 정말 사람 일은 알다가도 모르겠군.'

최혁수가 무열을 바라봤다.

3거점의 전투 요원들만 하더라도 가죽 갑옷을 입고 있었다. 하지만 그는 징집되던 당시의 옷 그대로 해진 체크 남방과 찢어진 청바지를 입고 있었다.

'이런 상태에서 남을 도왔다고?'

잃어버린 건지 모르겠지만 제대로 된 무기도 그의 손에 들려 있지 않았다.

맨손으로…….

'녀석들과 싸웠다?'

사람은 변하지 않는다. 아무리 초반이라고 하더라도 자신이 알고 있는 최혁수는 그렇게 허술한 남자가 아니었다. 미심쩍은 부분이 있다. 하지만 무열은 내색하지 않았다.

'나는 지금 내가 아는 미래가 아닌 모르는 과거에 관여를 했다.'

그가 도와주지 않았어도 최혁수는 분명 죽지 않았을 것이다. 어떻게든 살았을 터. 그렇지 않고서야 미래에 이강호의 책사가 될 수 없었을 테니까.

그래서 처음엔 그냥 두고 보려고 했었다.

그럼에도 그가 출수한 이유. 작은 사건이 나비효과가 되어 미래에 큰 결과로써 변화시킬 수도 있을지 모른다는 의문 때문이었다.

하지만 아니다. 일반적인 사람들이 그냥 본다면 지극히 평범해 보이지만 수라를 겪었던 무열에겐 의심 가는 것투성이였다.

더욱이 무열은 최혁수의 눈동자가 찰나였지만 자신을 위아래로 훑고 지나가는 걸 느꼈다.

"도와준 사람에게 예의가 없군."

그 모습에 무열은 더 이상 관심이 없는 듯 덤덤한 표정으로 뒤를 돌아섰다.

저벅.

그때였다. 한 걸음을 딱 뗀 순간, 다급한 최혁수의 목소리가 그를 잡았다.

"자, 잠시만요!!!"

툭.

무열의 발이 멈췄다.

"도와주세요……."

이마를 땅에 박으면서 소리치는 최혁수. 감정이 담겨 있는 목소리였다. 하지만 여전히 무열은 몸을 돌리지 않은 채로 물었다.

"왜지?"

"이 숲 안쪽에 산채가 하나 있습니다. 거기에 아직 잡혀 있는 사람들이 있습니다! 저 녀석들…… 약한 사람들을 가지고 놀다가 죽여 버리는 쓰레기 같은 놈들입니다!"

잘 알고 있다. 여기가 살인자들의 숲이라는 건.

겁에 질린 것 같은 최혁수의 파르르 떨리는 입술을 보면서도 무열은 차갑게 말했다.

"저 녀석들에게 들었을 텐데. 뭐라도 되는 줄 아나 보지? 주제넘은 짓을 하다간 죽을 뿐이다."

"그래도……!!!"

고개를 떨구며 말하는 최혁수의 모습에 무열은 여러 가지 감정이 교차하는 기분이었다.

"사람이지 않습니까…… 우린."

힘겹게 터져 나오는 한마디.

무열은 그 말에 자신도 모르게 피식 웃었다.

"사람…… 이라."

그에게서 이런 소리를 들을 줄이야.

"재밌군."

무열이 입을 열었다.

"그럼 나도 한 가지 묻지."

"네?"

"당신은 이 녀석들을 어떻게 했음 좋겠지?"

곡도의 방향을 꺾으며 쓰러져 있는 남자들을 가리켰다.

살인자. 조금 전 자신을 죽이려고 했던 녀석들.

"그건……."

최혁수는 머뭇거렸다. 어떤 대답이 무열을 만족시킬지 고민하는 걸까, 아니면 솔직하게 대답을 하려는 걸까.

"그래도 사람을 죽이는 건 좀……."

그의 대답에 피식 웃었던 무열의 입꼬리가 더욱 올라갔다.

답은 나왔다. 시험 결과를 기다리는 학생처럼 최혁수는 떨리는 얼굴로 무열을 바라봤다.

원했던 말일까?

하지만 무열은 대답 대신 소리 내서 웃었다.

"난 아냐."

촤아아악———!!!!

비명도 없다. 존재하는 건 최혁수의 얼굴에 흩뿌려지는 붉은 피.

그 순간, 그의 눈동자가 빠르게 흔들렸다.

변했다. 그의 표정이.

무열은 직감할 수 있었다.

뺨을 타고 흐르는 핏물을 손등으로 닦으며 차갑게 변한 표정으로 최혁수가 말했다.

"아…… 씨. 이러면 곤란한데."

그제야 무열은 원했던 대답을 들을 수 있었다.

"하아, 쓰레기 새끼들을 죽이는 건 상관없는데……. 이러면 안 된다고요."

최혁수는 한숨을 내쉬며 짜증 섞인 말투로 말했다.

'역시…….'

무열은 돌변한 그의 자세에 고개를 끄덕였다.

가면(假面).

뭔가 숨기고 있는 눈빛이라 생각했던 자신의 예상대로였다. 그리고 그게 바로, 자신이 알고 있는 최혁수의 모습이다.

"계획은?"

다짜고짜 묻는 무열에 이번엔 반대로 그가 살짝 놀란 표정을 지었다.

"잠깐만요."

최혁수는 황당하다는 표정을 지었다.

"아무렇지도 않아요? 날 보고도?"

조금 전까지만 하더라도 얻어맞고 있던 자신이었다. 그런데 이유도 묻지 않는다. 도무지 이 사람을 예측할 수 없다. 세븐 쓰론에서 많은 사람을 만났지만 이런 사람은 처음 보는 것 같았다.

"글쎄. 남자한테 관심 없는데."

"……하? 장난해요?"

무열의 대답에 최혁수는 어이가 없다는 듯 헛웃음을 지었다.

"나름 엄청 신경 쓴 건데……. 이상하네."

그는 힐끔 무열을 바라보더니 물었다.

"……현실에서 뭐, 형사라도 했어요?"

E급 랭커들을 단번에 제압을 하는 실력, 서슴없이 검을 쓰는 태도까지 살인에 대해 거리낌이 없는 건 같지만 분명 녀석들과는 다르다. 어중이떠중이가 아닌 훈련된 군인 같은 모습.

'딱히 스킬을 쓰는 것 같진 않던데…….'

최혁수는 무열을 살폈다. 특별한 것은 없다.

'그렇다면 E랭크라는 말인가?'

딱 한 가지. 걸리는 것이라면 무열의 등에 있는 커다란 곡도.

지금까지 저런 걸 본 적이 없다. 날 끝이 은은하게 빛을 발하는 것이 범상치 않은 느낌.

'레어? 유니크? E랭커가 가질 만한 물건은 아닌 것 같은데. 어떻게 얻은 거지?'

최혁수의 머리가 빠르게 회전하기 시작했다.

하지만 그 위에 무열이 있었다.

"훗."

의심하는 건 당연하다.

생과 사가 오가는 전장에서 살아남기 위해 검을 휘둘렀던 무열의 과거를 최혁수가 알 리가 없었다.

그것도 자신의 미래까지 알고 있는.

"생각했던 것부터 얘기하지?"

희대의 책사, 최혁수가 생각하고 있던 계획. 궁금하지 않을 수 없는 일이다.

"하……."

반대로 최혁수는 못 당하겠다는 듯 살짝 어깨를 들썩이며 고개를 저었다.

"별거 없어요. 사실 궁여지책이었으니까……. 원래대로라면 거점으로 돌아가서 도움을 청하려고 했죠. 근데 이렇게 잡힐 줄 누가 알았겠어요."

확실히.

여기서 일주일 거리에 제53거점이 있었다.

하지만.

'거짓이다.'

그 시간이 지나면 이미 구하려고 하는 사람은 시체가 된 후일 테니까.

최혁수 같은 남자가 애초에 사람을 살리겠다는 목적이었다면 그런 허술한 계획을 짜지 않았을 것이다.

그렇다면.

'그 자신도 생각지 못한 변수의 일?'

"흐음……."

무열은 내색하지 않고 혼자 생각하며 그의 말을 들었다.

"그래서 잡히면 일단은 어떻게 해서든 산채 안으로 가려고 했죠. 돌아가면 빠져나올 수는 있으니까."

꿈틀.

무열의 눈썹이 움직였다.

'아무리 어린 시절이라 하더라도 그가 '일단은', '어떻게 해서든'처럼 대책 없는 말을 쓸 리가 없다.'

자신이 궁금했던 것. 그건 진짜 계책이었으니까.

주위를 살폈다. 최혁수가 기대고 있는 나무의 가지들이 살짝 꺾여 있었다. 누군가 부러뜨리지 않으면 할 수 없는 높이.

고개를 옆으로 돌렸다. 무열이 왔던 곳과 반대 방향에 수풀들이 누워 있었다. 아무렇지 않게 일그러져 있는 것처럼 보였지만 기묘하게 서로 맞물리는 방향으로 쓰러져 있다.

"……."

그리고 그 앞으로 있는 주먹만 한 몇 개의 돌.

숲에 돌이 있는 것이야 이상할 일이 아니지만 수풀이 우거진 이 장소에 이상하게 딱 다섯 개의 돌만이 최혁수의 주변에 놓여 있었다.

'저건……'

무열의 눈동자가 번뜩였다.

아니다. 생각지도 못한 변수의 일이 아니었다. 이건.

'이미 대비가 되어 있는 일이다.'

"밤이 되면 어째서?"

조금 전에도 붙잡혀서 얻어맞던 그였다. 그렇다고 지금 상황도 이렇다 할 변화가 있는 것도 아니었다.

"뭐, 아무래도 밤이 되면 움직이기 편하고 녀석들도 사람인지라 낮보단 자는 사람들이 있을 테니 좀 더 허술해질 거고, 그리고 또……."

최혁수는 무열을 향해 이런저런 말들을 막힘없이 얘기하기 시작했다. 틀린 말은 아니다. 보통의 사람들이 생각할 수 있는 것들. 단지, 지금 이 말을 하는 사람이 누구냐가 문제였다.

"……."

가만히 서 있던 무열이 피식 웃었다. 마지막 그의 말에 확신이 섰다.

"그렇군."

무열은 고개를 끄덕였다.

순간 최혁수는 그 눈빛에서 오싹함을 느꼈다.

'설마……?'

아닐 거다. 절대로 그럴 수 없다.

"너."

밤(夜). 최혁수에게서 단 한 번도 떨어지지 않았던 단어.

대륙에 밤이 찾아오면 인간을 쫓는 몬스터들은 더 강해진다. 하지만, 밤에 강해지는 것은 비단 몬스터만이 아니다.

무열은 기억 속의 그 단어를 음미하듯 떠올리며 최혁수를 향해 말했다.

사늘한 눈빛.

마치 꿰뚫어 보는 것 같은 모습으로 한마디, 한마디 정확하게.

"이미 첨탑에 다녀온 거군?"

꿈틀.

최혁수의 목젖이 움직였다. 숨기려고 했던 가면은 더 이상 끼워 맞출 수 없을 만큼 완벽하게 깨어져 버렸다.

파르르 떨리는 어깨. 그게 증거다.

최초의 랭크 업 던전, 북부 불꽃 첨탑.

랭크 업을 한다고 해서 마치 레벨 업처럼 특별하게 스테이터스가 변화하거나 하는 것은 아니다. 하지만 딱 하나 바뀌는 게 있다.

클래스(Class).

E에서 D로 랭크 업을 하면서 첫 번째, C에서 B로 두 번째, 그리고 마지막으로 A에서 S랭크로 올라갈 때 3차 직업을 가질 수 있게 된다.

무열은 최혁수를 바라봤다. 그가 단명하기 전까지도 그의 육체적인 능력치는 그다지 높은 수준이 아니었다.

기껏해야 B랭크. 그럼에도 불구하고 최혁수는 죽기 전 SS랭크까지 도달했었다.

바로 이 힘으로.

무열은 평범한 듯 보이지만 기묘하게 이질적인 느낌의 주위를 둘러보며 말했다.

"만들어 놓은 진법. 거두는 게 좋을 거다. 마력과 달리 회수하면 다시 쓸 수 있잖아?"

그 순간, 최혁수는 충격을 받은 듯 아무런 말도 하지 못했다.

"……당신, 정체가 뭐야?"

최혁수의 물음에 무열은 고개를 끄덕였다.

"……어떻게 안 거야?!"

"글쎄."

잘 알지. 그것도 아주 잘. 그 힘으로 네가 우릴 사지로 몰았으니까.

'첩탑에서 네가 얻은 직업.'

최혁수의 1차 클래스.

바로, 환술사(幻術士).

8장
산채 공략

"나 참, 돌겠네. 이거."

황당함을 넘어 어처구니가 없다. 이런 적은 처음이었다. 혁수는 세븐 쓰론에 징집된 이래 처음 진심으로 당황한 기색을 숨길 수 없었다.

"진짜 뭡니까? 당신."

짜증이 섞인 목소리로 무열에게 물었다. 하지만 오히려 그 모습에 그는 시큰둥하게 대답했다.

"뭐긴, 사람이지."

"하…… 장난해요?"

시답잖은 대답에 최혁수는 인상을 찡그렸지만 무열은 그런 그에게 시선을 주지 않았다.

쓱.

저벅저벅.

"계획을 망친 거라면 미안하지만. 이런 진법을 설치해 놓은 걸 보면 딱히 너도 녀석들을 죽이지 않을 생각은 아니었던 거 같은데."

무열은 부러진 가지들을 쓱 만지면서 말했다.

그 모습에 최혁수는 졌다는 듯 고개를 절레절레 가로저었다. 다른 것도 아닌, 자신이 기대고 있는 나무의 가지를 딱 골라서 만졌기 때문이다.

"그리고 쳐 놓은 진법을 나한테 쓸 생각이라면 그만두는 게 좋아. 너도 목적이 있을 테니까. 서로 체력 낭비할 필요 없겠지."

"……설마, 그쪽 목적도 이 녀석들?"

최혁수는 어이가 없었다. 아무리 그래도 지금 자신과 목적까지 같을 거라고는 생각 못 한 일이니까.

툭.

무열은 부러져 꺾여 있던 나뭇가지를 잡아 뜯어 바닥에 던지며 몸을 돌렸다.

"하……."

알고 있으니 따라오라는 듯 성큼성큼 숲을 향해 걸어가는 무열.

그 모습에 최혁수가 인상을 팍 구겼다.

"젠장, 아오……!!"

자존심이 상하지만 인정할 수밖에 없다. 선택의 여지가 없다. 최혁수는 황급히 무열의 뒤를 쫓았다.

두 사람은 한동안 대화 없이 숲길을 걸었다.

'……허.'

숲길을 따라 걸으면서 최혁수는 놀람을 뛰어넘어 경악스러운 표정으로 무열을 바라봤다.

'도대체 뭐야? 저 인간. 무슨 지도라도 있는 거야? 어떻게 저렇게 갈 수 있지.'

자신도 길을 잃었던 곳이다. 하지만 무열은 고민도 하지 않고 길을 걷고 있었다.

'진법을 알고 있는 E랭커? 있을 수가 없어. 랭크 업이 뭔지도 모르는 놈들이 수두룩한데……. 게다가 첨탑에 다녀왔어도 환술에 대해서 아는 사람은 거의 없어.'

실력을 숨기고 있는 상위 랭커?

'아냐.'

이제 겨우 반년이 흘렀을 뿐이다. 시기적으로 D랭크 이상 나올 수 없다고 최혁수는 생각했다.

자신이 생각하는 영역 이상의 강자?

인정할 수 없었다. 아마도, 천재의 자존심 때문이리라.

"……"

아이러니하게도 최혁수는 지금까지 경험해 보지 못한, 도무지 가늠할 수 없는 무열에게 흥미가 생기기 시작했다.

바스락.

길게 자라난 풀을 옆으로 젖히자 저 멀리 안쪽에 목책으로 둘러싸인 산채가 보였다. 거침없이 더 걸어가자 거대한 산채가 점차 모습을 드러내기 시작했다.

인원수야 훨씬 못 미치겠지만 산채만큼은 300여 명이 거주하던 3거점보다 더 커다란 모습. 우습지만 살인자 집단이 오히려 이곳에서 더 적응을 잘하고 있음을 보여주고 있었다.

"크크……. 여기도 살 만하잖아?"

"사, 살려주세요!!"

"꺄아악-!!"

"이 씨발! 안 닥쳐!!"

산채 안에 있는 건물 곳곳에서 비명이 요란하게 들린다.

'규모가 제법 크다. 저 녀석들을 모두를 상대하는 건 어렵겠군.'

무열이 산채를 바라보며 생각했다.

'저 사람…… 결국은 E랭크.'

그와 동시에 최혁수 역시 무열을 바라보며 생각했다. 압도적인 무력을 보여줬지만 이렇다 할 스킬은 쓰지 않았다.

게다가 사용하는 무기는 도검류.

'행여나 D랭커라 해도 전사 클래스라면 사용할 수 있는 스킬은 뻔해.'

좀 전에 자신과 함께 파티를 맺었던 남자, 그 사람이 전사였으니까.

'기껏해야 베기나 찌르기에 국한된 스킬로는 저 많은 인원을 상대할 수 없어.'

그렇게 생각한 최혁수는 머리에 쥐가 나는 기분이었다.

'쳇, 전력이 차이가 나도 너무 차이가 나잖아.'

주위를 살펴본다. 울타리 앞에 보초는 겨우 두 명. 비명과 웃음소리가 안쪽에서 들리는 것을 봐서는 아마도 대부분 건물 안에 흩어져 있는 게 틀림없었다. 이성보다 본능에 충실한 삶. 제각각 여러 의미로 정신없이 바쁘겠지. 게다가 지금껏 습격을 당해본 적이 없을 테니 방어에 소홀할 수밖에 없다.

"쓱……."

다행이라면 다행. 하지만 결코 침입이 쉬운 건 아니다. 자칫 잘못하면 산채 안에 있는 녀석들에게 둘러싸일 수 있다.

순간, 무열의 눈빛이 빛났다.

'단번에 우두머리를 노린다.'

그리고 최혁수 역시.

'금적금왕(擒賊擒王). 역시 적을 제압하려면 왕을 잡는 수밖에 없지.'

놀랍게도 두 사람의 생각이 일치했다.

'그렇다면······.'

'역시······.'

방법은 하나다.

'환술.'

'첨탑에서 얻은 힘.'

그걸 사용해야 한다.

불의 초열(焦熱), 바람의 풍진(風塵), 그리고 안개의 연하(煙霞).

언뜻 보기에는 원소 마법과 같아 보이지만 환술은 마력과 달리 오직 환술사만이 쓸 수 있는 직업 고유 스킬이다. 그 이유는 환술은 마력이 없어도 사용할 수 있기 때문이다.

특별한 히든 스테이터스 없이 첨탑에서 얻을 수 있는 직업. 게다가 위력 역시 뛰어나다.

그것만 놓고 본다면 무척이나 효율적이라 생각되지만 오히려 세븐 쓰론에서 환술사는 마법사보다도 더 드물다. 아니, 기피 대상 1순위의 직업 중 하나라고 봐도 무관했다.

환술사가 가지고 있는 치명적인 단점. 바로, 진법이 필요하다는 것. 소위 A랭크 이상의 대규모 마법을 쓸 때 필요한 마법진과 비슷하지만 환술은 최하급 랭크의 것도 사용하기 위해서 진법이 필요했다. 하지만 그 위력만큼은 동급의 마법을 상회한다.

'그럼 뭐해. 맞힐 수가 없으면 그건 아무런 의미가 없는데.'

진법(陣法).

덫을 깔고 그곳으로 유인을 해서 싸워야 하는 형국이었기 때문에 혼자서는 사냥이 힘들어 환술사는 랭크를 올리기도 어려웠다.

'그렇기 때문에 아무도 택하는 사람이 없었지. 가성비로 따지면 최악의 클래스니까.'

무열이 최혁수를 바라봤다.

단 한 명. 눈앞에 이자를 제외하고 말이다.

'항간에는 최혁수가 환술사라는 직업을 얻은 이유가 처음이라 몰라서라기까지 했지.'

하지만 그 말을 그는 보기 좋게 뒤집어버렸다.

덫과 유인. 소규모 사냥에서 그 힘은 그다지 큰 효용성이 없는 능력일지 모른다. 하지만 그것이 10만, 100만의 규모가 되었을 땐 다른 이름으로 불리게 된다.

책략과 전술.

'아직은 그 능력이 대단한 건지 모르겠지.'

그가 단명하기 전, SS랭크에 도달하여 대규모 환술진으로 만들어낸 세 개의 극의(極意).

초열의 극의, 업화(業火).

풍진의 극의, 선풍(旋風).

연하의 극의, 농무(濃霧).

불멸자라 불리던 중국의 염신위의 100만 군세를 단번에 죽음으로 몰아넣었던 힘이었다.

무열이 그를 바라봤다. 마치 이미 생각을 이미 읽고 있는 것 같은 표정.

"환술을 정문에 두 개, 그리고 좌우로 한 개씩 만들면 산채를 가두기 충분하겠지."

"……!!!"

최혁수는 입을 다물지 못했다.

자신과 똑같은 생각. 순간, 그의 가슴이 쿵쾅거렸다.

'이 사람……'

보통 사람이 아니라고는 생각했지만 자신의 전략마저 눈치 채다니. 마치 어려운 문제의 답을 풀 아이처럼 최혁수는 들뜬 마음으로 소리치듯 무열에게 말했다.

"그렇죠! 아무래도 불로 주의를 끌어서 그 틈에 몰래……"

"아니, 그럴 필요 없어."

같은 생각. 그러나 전혀 다른 방법.

"시선을 돌릴 필요 없다. 그냥 걸어 들어가도 충분해."

"……에?"

쫘악.

"불꽃이 아니라 안개."

그 순간, 무열이 곡도를 쥔 손에 힘을 주었다.

"무…… 무슨."

정작 당사자인 최혁수는 이해가 가지 않았다.

"아직 자신의 힘이 어떤 건지 잘 모르겠지. 환술의 진짜 힘은 네가 직접 공격하는 데서 나오는 게 아니다."

당연히 이해 못 할 거다. 아무리 천재라 할지라도 평온의 시대에 살았으니까.

전장(戰場). 그건 겪어보지 못하면 알 수 없는 일이다.

물론, 천재가 그런 세계를 겪게 된다면 어떤 결과가 나오는가를 최혁수가 보여줬지만.

저벅저벅.

무열의 말에 충격을 받아 멍했던 최혁수는 어느새 저만치 망설임도 없이 산채 안으로 걸어가는 그를 바라보며 화들짝 놀랐다.

'진짜로? 정말이야? 도대체 무슨 생각을…….'

자신을 믿는 건가?

최혁수의 머릿속이 복잡해졌다. 하지만 아무런 망설임 없이 걸어가는 그의 뒷모습을 보며 그는 묘한 심장의 고동을 느꼈다. 지금껏 대륙에서 제법 많은 사람을 봤지만 이런 사람은 처음이다.

무모해 보인다. 하지만 목숨을 내버리는 것도 아니다.

"하……."

최혁수는 자존심에 인정하고 싶지 않았다. 그러나 이젠 인정할 수밖에 없었다.

'저 인간…… 재밌는데?'

순수한 한 존재에 대한 호기심.

그 순간.

"이봐요. 죽어도 난 몰라."

조금 더 보고 싶다.

최혁수는 자신도 알지 못하는 기대감에 차올랐다. 이내 그는 처음으로 품 안에서 작은 보옥을 꺼내며 타인의 명령을 따르고 있는 자신을 발견했다.

쩌어어엉——!!!

"꺄악!!!"

비명과 함께 둔탁한 소리가 방 안에 울렸다. 마지막 일격을 맞는 순간, 조금 전 비명을 질렀던 여자의 몸이 기형적으로 꺾였다.

우드득—!!

쓰러진 여자의 목을 두꺼운 손가락이 움켜쥐더니 사정없이 비틀었다.

"컥."

간신히 붙어 있던 숨이 안쓰러운 마지막 탄성과 함께 멈췄다. 그러자 여자의 목에서 푸른빛이 생겨났다.

달그락.

그 빛이 점차 응축되더니 하나의 보석이 되어 바닥으로 떨어졌다.

"흠."

그 광경을 보며 조금 전 여자의 목을 부러뜨린 남자는 고개를 끄덕였다.

"이 정도면 그래도 상급 마석은 되겠어. 제법인데. 꽤 모았나 보군."

사람이 죽었다. 눈앞에서. 하지만 남자는 여자의 시체보다 떨어진 마석에 더 관심을 보이는 것 같았다.

아니, 이상한 게 아닐지도. 애초에 그의 손에 죽임을 당한 거니까.

"흑…… 흐윽……."

"사, 살려주십시오!!"

"제발……!!"

일격에 죽어버린 여자를 보며 단상 아래에 있는 사람들은 무릎을 꿇고 빌었다.

"크…… 크큭."

"흐흐흐."

그의 한마디에 여기저기에서 들려오는 웃음소리들. 안채 안에 있는 숫자는 적어도 50명 이상. 하나같이 날붙이를 아무렇지 않게 들고 있는 모습이 무기를 사용하는 것에 익숙해 보였다.

"살기 좋은 곳이야, 정말."

남자는 떨어진 마석을 주워 만지작거리면서 말했다.

영등포 일대를 휘어잡았던, 통진파 보스 이정진. 그는 옥좌 위에 앉아 왕처럼 비릿한 웃음을 지었다.

룸살롱에서 떡이 되도록 술을 마시며 잠들었던 그날, 눈을 뜨자 뜬금없는 숲 한복판이었을 때만 해도 습격이라도 받은 줄 알았다. 하지만 아니었다. 같은 룸 안에 있던 사람 모두가 함께 떨어졌으니까.

현실을 받아들이는 데엔 꽤 시간이 걸렸다. 그러나 이젠 이정진은 누구보다 이곳에서의 삶을 영위하고 있었다. 자신만의 방법으로.

"훗……."

그는 머리를 숙여 목숨을 구걸하는 사람들을 바라보며 마치 단두대의 죄수를 보는 황제처럼 눈을 내리깔았다.

"재밌군."

참아왔던 욕망을 분출해 내기에 이보다 더 좋은 곳이 어디 있는가.

"결국 인간은 계급 아래에서 벗어날 수 없다 이 말이지. 여기나 거기나 똑같아."

우드득.

"약하면 돼지는 거."

눈앞에 있는 또 한 명을 죽였다.

'보스가 첨탑에 다녀온 뒤로 더 강해졌어…….'

'저건 도무지 넘볼 수 없어.'

'사람이 아냐……'

부하들마저 공포의 대상이 되었다.

그의 두 주먹을 감싸고 있는 너클.

이정진은 자신의 힘에 심취한 듯 기분 좋은 표정으로 나머지 포로들을 바라봤다.

"으…… 으아아!!!"

시선이 마주치자 잡혀 있던 한 남자가 더 이상 참지 못하고 도망치기 위해 뛰쳐나갔다.

'병신……'

'쓸데없는 짓.'

하지만 주위를 둘러싸고 있던 사람들은 남자가 최악의 선택을 내린 거라 생각했다. 차라리 맞서 싸웠다면 실낱같은 희망이라도 잡을 수 있을지도 모른다.

자신의 두목, 이정진은 등을 보이는 자는 무조건 죽인다. 그게 부하든 아니든.

쿠가가강-!!

이정진이 앉아 있던 의자가 요란한 소리와 함께 산산조각이 나며 부서졌다. 조금 전까지만 하더라도 앉아 있던 커다란 덩치의 그가 사라졌다.

후욱.

세찬 바람이 느껴졌다. 나무 가루들이 사방으로 흩어지며 희뿌연 연기가 건물 안에 가득했다.

남들의 곱절은 될 것 같은 거대한 주먹이 달려가던 남자를 향해 쏘아졌다.

'……시체도 못 건지겠군.'

'불쌍한 놈…….'

눈으로 좇을 수 없을 정도의 빠르기.

붉은빛이 감도는 주먹이 남자를 꿰뚫어버릴 기세로 질주하는 순간.

"으…… 으아아아!!!"

비명과.

콰가가가가가각———!!

불도저 같은 요란한 파공성이 합쳐지려는 그 순간.

끼이익!!!

갑자기 활짝 열리는 나무 문.

그리고 그 문밖에서 팔이 튀어나오며 도망치려던 남자의 몸을 확 잡아당겼다. 순식간에 그가 기울어졌고 넘어지듯 문밖으로 튀어 나가는 바람에 그 빈틈을 이정진의 주먹이 목표를 잃고 허공을 갈랐다.

"뭐, 뭐야?!"

"누구냐!!?

생각지도 못한 상황에 부하들이 소리치며 주위를 둘러봤다.

그 순간, 이정진이 주먹을 치켜들었다.

파악−!!!

손바닥을 한 번 펼쳐 다시 움켜쥐자 마치 풍선이 터지는 것 같은 파열음이 튀어나왔다. 그 소리에 우왕좌왕하던 부하들의 정신이 일순간에 돌아왔다.

"호들갑 떨지 마라."

쇠를 긁는 것 같은 낮은 그의 목소리가 방 안에 울려 퍼지자 부하들은 그제야 어째서 자신들이 이렇게 될 수밖에 없었는가를 알 수 있었다.

"이게…… 뭐지?"

꿀꺽.

누군가 자신도 모르게 마른침을 삼켰다.

긴장감.

반년 가까이 자신들이 지내던 산채였다.

그런데 어째서?

열린 나무 문 사이로 보이는 건 아무것도 없기에.

새하얀 안개가 짙게 흩뿌려져 조금 전 빨려 들어가다시피 튀쳐나갔던 남자의 모습조차 보이지 않았다. 정문에 세워진 울타리조차 안 보인다. 아니, 지척에 있는 계단조차 눈앞에서 사라졌다.

창밖, 문밖, 어디에도. 보이는 것이라곤 새하얀 안개뿐.

방 안 분위기가 가라앉는다.

"……뭐야? 날씨가 왜 이래?"

"이런 적은 한 번도 없었는데……."

"언제 비라도 왔었나?"

을씨년스러운 분위기에 조금 전까지만 하더라도 세상 무서울 것이 없어 보이던 녀석들이 슬쩍 겁을 먹은 듯 표정을 일그러뜨렸다.

"보초 녀석들은 뭘 하고 있는 거지?"

"제, 제가 당장 확인하겠습니다!!"

이정진의 말에 문 근처에 서 있던 부하 한 명이 다급하게 대답했다. 한 치 앞도 보이지 않는 안개 속으로 들어가야 한다는 생각에 꺼림칙했지만 선택의 여지는 없었다.

저절로 열린 문밖으로 부하가 달려가듯 발걸음을 옮긴 순간.

"아아아악!!!!"

비명이 들렸다.

"……!!!"

"……!!!"

그 소리에 모두가 깜짝 놀랐다.

콰드득……!!!

쾅-!!!

문밖에서 안으로 뭔가 묵직한 것이 날아왔다.

쿵!!

떨어지는 소리와 함께 모두의 시선이 그곳으로 향했다.

"흐익?"

"이, 이게 무슨!!!"

사람들은 소스라치게 놀랄 수밖에 없었다. 방금 날아온 것은 바로, 조금 전 달려 나갔던 부하의 머리였으니까.

"네 말대로. 인간은 약하지. 약하니까 죽는 거다."

"어떤 새끼야!!!"

"이 씨발!! 어디 있어!!!"

부하들의 욕지거리가 튀어나왔다.

툭.

그때였다. 문밖에서 또다시 뭔가 호를 그리며 바닥으로 떨어졌다.

"쉽군."

보초를 서고 있던 부하들의 목이었다.

"안개 속에서 멱을 따는 작전. 바람절벽 공습 때를 생각하면 일도 아냐."

어디선가 들려오는 목소리. 어딘지 가늠할 수 없다. 등골이 오싹해지는 느낌. 싸움에는 이골이 난 그들이었지만 이건 단순한 싸움이 아니다.

'네 도움을 다 받는군.'

보이지 않는 적과의 싸움.

'최혁수, 네가 빛을 발하는 순간이 이때라는 건 인정할 수

밖에 없지.'

사냥이 아닌 전쟁에서.

짙은 안개 속에서 무열은 생각했다. 항간의 평가로 가장 쓸모없는 진법이라 여겨졌었던 연하(煙霞). 살상 능력이 전혀 없는 안개의 진법은 사냥에서 결코 쓸 일이 없었다.

하지만 다르다. 이 순간 가장 필요한 것.

직접 싸우지 않아도 충분하다. 그는 직접 싸우는 병사가 아닌 책사였으니까. 검이 자유롭게 움직일 수 있도록 무대를 만드는 것이 그가 해야 할 몫.

'10만, 100만의 검이 네 뜻대로 움직였으니까.'

무열은 마치 그 옛날을 회상하듯 속으로 중얼거렸다.

스아아아아아……!!!!

그 순간, 창문과 문틈 사이로 새하얀 안개가 연기처럼 방 안을 가득 채우기 시작했다. 바로 옆에 있는 동료마저 집어삼킨 새하얀 어둠.

"크흑?!"

"쿨럭, 쿨럭!!"

연막탄이 터진 것처럼 덮쳐 오는 안개에 그들은 속수무책이었다.

기다렸다는 듯 무열의 몸이 안개 속으로 사라졌다.

안개 속, 서로를 볼 수 없어 서로에게 검을 겨누고 있는 혼란 속에서 날카로운 곡도가 이정진의 목에 닿았다.

귓가에 들리는 나지막한 무열의 목소리.

"너냐."

'놀랍다……'

최혁수는 진심으로 감탄했다. 붉은 첨탑에서 클래스를 얻고 난 다음, 사실상 단 한 번도 연하의 진(陣)을 써본 적이 없었다. 몬스터를 상대론 굳이 사용할 필요도 없었거니와 활용도에 대해서 큰 의미를 두지 못했다.

하지만, 모두가 자신이 첨탑에서 환술사라는 클래스를 얻고 나오자 의아해했을 때, 그가 머릿속에 그렸던 모습이 있었다.

'바로 저거다.'

효용성이 낮은 클래스라 사람들이 폄하했지만 최혁수는 그때부터 이미 사냥이 아닌 다른 것을 염두에 두고 있었다.

천재가 그리려 했던 큰 그림.

자신이 꿈꿨던 그림. 그 그림을 축소한 것 같은 모습을 지금 무열이 보여주고 있는 것이었다.

두근.

그 모습에 최혁수는 자신도 모르게 심장이 뛰는 것 같았다.

'모두 눈앞의 괴물들에 전전긍긍하느라 가장 중요한 걸 놓치고 있었지. 당연하다고 치부하며 넘겨 버린 우리를 이곳으로 끌고 왔던 존재.'

인간계 주신, 락슈무.

'녀석이 분명히 말했거든. 권좌에 오르라고. 그건 단순히 몬스터들만 사냥해서 얻을 수 있는 자리가 아니다.'

언젠가 분명 인간도 적이 될 것이다.

최혁수는 그 말의 숨겨진 의미를 단번에 꿰뚫었다.

사냥이 아닌 전쟁.

무열은 느꼈다. 그에겐 최혁수의 모습이 보이지 않지만, 진법을 펼친 시전자인 최혁수에겐 그의 모습이 또렷하게 잘 보이리라.

느끼고 있을 것이다. 아이러니하게도 그의 생각 역시 이미 무열의 것과 닮아 있었다.

'아니, 내가 그 덕분에 변한 거겠지.'

병사들을 사지로 몰고 아무런 감정 없이 도구처럼 사용하던 그였지만, 그가 아니었다면 이길 수 없었던 전쟁 역시 많았다는 걸 인정하지 않을 수 없다.

'5년 넘게 너의 장기말이 되어 싸웠던 나니까.'

그렇기에 자연스럽게 몸에 배어 있는 전투 방식이 지금의 최혁수에겐 마치 꿈같은 모습으로 보일 수밖에 없을 것이다.

자신이 상상하고, 자신이 그렸었던 전투가 완벽하게 펼쳐지고 있으니까.

'그렇다고 네가 한 모든 일을 인정하진 않는다, 최혁수.'

스으으응…….

진법으로 생성된 안개가 풍압에 마치 소용돌이처럼 휘몰아쳤다. 그 안에 담긴 곡도가 예리하게 번뜩였다.

콰아아앙!!!!

"쥐새끼 같은 놈."

그때였다. 놀랍게도 안개 속에서 먼저 출수를 한 것은 이정진이었다.

무열이 강검술을 펼치기 바로 직전, 그는 본능적으로 자신의 목에 겨눠진 무열의 곡도를 움켜쥐었다.

"……!!"

곡도를 있는 힘껏 잡아당기면서 목을 베려던 무열의 공격이 순간 멈췄다.

단단한 뭔가에 걸린 듯 빠지지 않는 곡도.

"무슨 술수를 부린 건지 모르겠지만. 안개? 이렇게 코앞에 있으면 소용없지."

건틀렛 위에 장착되어 있는 너클이 마치 날카로운 톱니처럼 무열의 곡도를 꽉 쥐었다.

끼긱…… 끼기긱…….

쇠가 갈리는 소리가 귀를 아프게 때렸다.

"흡……!!"

이정진이 발을 아래에서 비틀자 와지끈!! 하는 소리와 함께 나무로 된 바닥이 움푹 파였다.

부우웅!!

그대로 바닥으로 내리꽂으려는 순간, 무열이 몸을 돌렸다.

공중에서 방향을 틀자 곡도가 심하게 꺾였다. 부르르 떨리는 소리와 함께 검날을 쥐고 있던 이정진의 팔이 탄성을 이기지 못하고 결국 곡도를 놓고 말았다.

파악−!!

검이 튀는 소리와 함께 무열이 한 바퀴 회전하며 바닥으로 착지하는 순간, 최혁수의 외침이 들렸다.

"조심해요!!"

그 목소리와 함께 무열의 주위가 순식간에 연기로 휘감기며 그의 모습이 안개 속으로 사라졌다.

"아아악!!"

"컥!!"

그와 동시에 비명이 들렸다.

'싸움에 능숙한 새끼야. 몸을 숨기는 것도 익숙하고……. 뭐지, 청부 살인이라도 하던 놈인가? 아니면 예전에 날 알던 녀석?'

이정진의 머릿속에 오만 가지 생각이 뒤엉켰다. 예전 라이벌파부터 자신이 밟아 없애버린 소규모 그룹들까지 떠올려 봤지만 이상했다. 아무리 그렇다 하더라도 이곳에 와서까지 뜬금없이 자신을 노리다니.

"이 새끼 어딨어!!"

"당장 나와!!"

"찾아!!"

"……."

'녀석이 노리는 건 내 목이다.'

그 모습을 보며 이정진이 말했다.

"너희들은 가만히 있어. 한 발자국도 움직이지 마라."

"네……. 네?"

"두, 두목. 그래도……."

"옆에 녀석이 있기라도 하면……."

그의 한마디에 부하들이 움찔거리며 기어들어 가는 목소리로 중얼거렸다.

"아가리 다물어, 새끼들아."

꿀꺽…….

하지만 그 웅성거림조차 이정진의 한마디에 연기처럼 사라졌다.

한껏 인상을 구긴 얼굴로 보이지 않는 무열을 찾아 두리번거리며 그가 으르렁거렸다.

"이 개새끼……. 누군지 모르겠지만 잘못 건드렸어. 내가 어떤 사람인지 똑똑히 보여주마."

그 순간, 무열의 목소리가 안개 속에서 흩어졌다.

"잘 알지, 이정진."

"……!!!"

자신의 이름을 알고 있다?

"권사 클래스를 얻고 PK로 모은 마석으로 무투사로 전직. 하지만 결국 A랭크의 벽을 넘지 못한 그저 그런 인물. 약자만을 골라 죽인 카스테욘숲의 하이에나. 악인으로조차 역사에 기록되지 못한 어중이떠중이라는 걸."

콰아아앙!!!

이정진이 신경질적으로 허공을 갈랐다. 안개가 연기처럼 폭발하듯 터져 나가며 바람이 일었다.

"하지만 네가 어떻게 죽었는지는 잘 알지."

"……무슨 개소리야!!"

이강호의 권세하에 있었던 검병2부대가 만유숲을 거점으로 삼고 난 뒤, 이강호는 바로 조태웅에게 이정진의 산채를 궤멸시키라 명했다.

그 당시, 그의 랭크는 B랭크.

결코 약한 것은 아니었지만 그렇다고 강한 것도 아니다. 이미 인간군 4강의 강자가 모두 A랭크의 정점에 도달했을 무렵이었으니까.

이강호의 군세가 이정진의 산채에 도달했을 때, 산채는 거의 폐허에 가깝게 변해 있었다. 조태웅 산하의 율도천 부대가 이미 이정진의 권세를 완벽하게 무너뜨린 후였기 때문이다.

"네놈……."

"더 이상 악행을 볼 수 없다. 그만해라."

"닥쳐!! 네가 그런······!!"

그 당시의 기억이 생생하다.

포박당한 이정진의 마지막 발악.

그리고 안타까운 듯 고개를 젓는 이강호의 모습.

몇 명을 죽이면 살인자가 되지만 몇만을 죽이면 영웅이 된다.

이 말은 정말 이정진과 이강호, 두 사람의 모습을 그대로 표현해 주는 것이었다.

"조태웅, 그를 풀어주게."

"와요? 이딴 새끼 그냥 마, 팍······."

"내가 직접 하겠네."

권사에서 무투사로 전직한 이정진은 마지막 발악으로 이강호에게 덤볐지만 결과는 불 보듯 뻔했다.

랭크를 떠나 이미 누구도 클리어하지 못했던 오르갈 콜로세움에서 검투사(劍鬪士)라는 타이틀을 얻은 이강호를 고작 B 랭커가 이길 리 만무했다.

말할 것도 없는 이강호의 승리.

결말은 비명조차 지르지 못할 정도로 허무하게 끝나 버렸다.

이정진의 목이 떨어진 후, 산채는 사라지고 그곳에 있던 도적들은 일말의 자비도 없이 모두 처형당했다. 마치, 절대로 잔당들을 살려둘 수 없다는 것처럼.

'아마 내가 유일하게 기억하는 이강호의 가장 냉정한 모습이었다.'

하지만 그 누구도 이강호의 행동에 반발하지 않았다.

'그리고 또 가장 슬픈 모습이었기도 하고.'

놀랍게도, 이정진이 이강호의 동생이라는 사실이 알려졌기 때문이다.

"그 녀석이 집을 떠난 건 오래전이었네. 이런 식으로 다시 만나게 될 줄은 몰랐는데…… 내가 조금만…… 일찍 녀석의 소식을 알았더라면. 이렇게 되지 않게 했을 텐데. 못난 놈……."

평범한 남자의 눈물이었기에 그의 권세 아래에 있는 모든 사람이 그의 고충을 이해할 수 있었다.

그리고 그의 슬픔까지.

'확실히…… 그런 걸 보면 그를 존경하지 않을 수 없지.'

그 일이 있고 난 뒤, 이강호의 발아래 더 많은 사람이 모이기 시작했다.

무열의 이런 과거를 알 턱이 없는 이정진은 그를 찾기 위해 이리저리 주먹을 마구잡이로 휘둘렀다.

탁.

이정진이 안개 속에서 번뜩이는 무열의 곡도를 포착했다.

"딱! 걸렸어! 이 종간나 새끼……!!!"

부우우웅…….

이정진의 주먹이 푸르게 빛났다.

권사 클래스를 얻고 난 뒤 습득한 고유 스킬, 강권(强拳).

그와 동시에 무열의 곡도가 궤도를 바꿨다. 지그재그로 꺾이며 이정진의 목을 향해 뻗어져 나갔다.

강검술(强劍術).

주먹과 검의 일촉즉발의 순간 속에서 놀랍게도 두 사람의 격돌은 생각지도 못한 존재에 의해 깨지고야 말았다.

콰아아아아앙!!!!!!

"……!!!"

"……!!!"

안개 속에서 두 사람의 공격을 막은 정체불명의 존재. 그 격돌에 진법으로 만든 최혁수의 안개가 바람과 함께 흩어졌다.

나지막한 목소리가 둘 사이에 들렸다.

"이것 참……. 정진아, 오랜만에 들렀는데 이게 다 무슨 일이냐."

"혀, 형님."

떨리는 이정진의 목소리.

그리고 충격을 받은 듯 믿을 수 없다는 표정을 짓던 무열의 얼굴이 일그러졌다.

"당신……?"

'뭐야? 갑자기 또 저 아저씨는.'

상황을 지켜보던 최혁수는 지금 벌어지고 있는 일들에 어리둥절할 수밖에 없었다.

'자꾸 이렇게 되면 안 되는데…….'

정체불명의 남자의 등장에 최혁수의 머릿속 역시 복잡해지긴 마찬가지였다.

산채의 사람들을 구하는 일보다 더 중요한 것.

최혁수는 이정진의 뒤편에 있는 단상을 바라보며 살짝 입술을 깨물었다. 그걸 위해서 무열을 이용하려 했다. 자신의 검으로써. 검이 안 된다면 미끼로라도. 그리고 충분히 자신의 목적을 달성하겠다 생각하는 순간에 난데없이 방해가 생겼다.

생각지도 못한 변수.

하지만 그것보다 중요한 건.

'저 아저씬 뭔데 두 사람의 공격을 한꺼번에 받고도 아무렇지 않은 거야?'

동네 골목길에서 자주 볼 수 있을 것 같은 평범한 외모와 덩치도 이정진과 무열에 비하면 왜소하기 그지없었다. 게다가 나이까지 2, 30대인 두 사람에 견주어 봤을 때 너무나도 격차가 심했다.

마흔이 넘은 중년 남성.

하지만 그렇기에 더 놀라운 것이다.

'그건 그렇고……. 저 사람은 또 왜 멍하니 있는 거야? 진법도 사라져 가는데……. 이러다간 죽도 밥도 안 되겠어.'

최혁수는 굳은 것처럼 서 있는 무열을 바라보며 머리를 굴리기 시작했다.

콰앙-!!!

콰드드득……!!!

무열과 이정진은 갑작스러운 난입에 서로 뒤로 물러섰다. 경계하며 바라보는 두 사람.

이정진은 처음으로 무열의 모습을 제대로 볼 수 있었다.

"하? 뭐야? 이제 보니 애새끼잖아? 이런 천둥벌거숭이 같은 놈이 날 담그려 해?"

통진파의 보스로 30대 후반인 이정진도 많은 나이는 결코 아니었지만 스물의 무열이 그의 눈엔 어리게 보일 수밖에 없었다. 하지만 두 사람 모두 중요한 건 그게 아니다.

"……."

부르르.

곡도의 끝이 흔들렸다. 하지만 그것보다 더 빠르게 무열의 눈동자는 떨고 있었다.

"당신이…… 어째서."

눈앞에 남자를 보며 무열은 믿을 수 없다는 듯 물었다. 하지만 정작 그 앞에 선 남자는 무열을 모르는 눈치였다.

"음? 허허. 내가 기억력이 나쁜 편은 아닌데……. 이 정도로 뛰어난 친구면 분명 기억하고 있을 텐데 말이야. 우리 안면이 있던가?"

맹렬한 공격을 아무렇지 않게 막았던 검을 거두며 부드러운 인상으로 웃으며 남자가 말했다.

그러나 사람 좋아 보이는 그의 얼굴이 끔찍한 양 무열이 표정을 구겼다.

절대로 이곳에 있으리라 생각하지 못한 인물.

"이강호."

인간군의 정점에 섰던 권좌의 왕.

어째서 그가 이곳에 있는가.

……왜?

무열은 이 상황이 이해가 가지 않았다. 그의 등장은 그로서 상상조차 하지 못한 일이었다.

"내 이름을 정말 아는구먼. 그렇게 유명하지도 않는데 말이야. 혹시 남부 경기장에 참가했던 친군가?"

"뭡니까, 형님. 아는 놈입니까? 저 갈아 먹어도 시원찮을 씹새끼가……. 보시지 않았습니까. 제 목을 따려고 하는 거."

이정진은 무열을 향해 손가락질하며 그에게 소리쳤다.

"시끄럽다, 이 녀석아. 당분간은 조심하라고 했는데 왜 또 이런 문제를 만든 거냐."

이강호는 뒤도 돌아보지 않고 이정진을 나무랐다. 자신보다 머리 두 개는 더 있을 커다란 사내를 아무렇지 않게 대하는 그 모습이 자못 신기했다.

"문제라뇨, 형님! 전 형님께서 시키는 대로 하고 있었을 뿐입니다."

"허허⋯⋯. 이놈아, 내가 항상 얘기했잖느냐. 보이는 것도 중요하다고. 일도 일이지만 쓸데없는 소문이 나지 않게 하라고 말이야."

"당연히 조심하죠. 숲에서 살아 나간 놈이 없는데 소문날 일이 뭐 있겠습니까."

이정진은 아무렇지 않게 대답했다.

무열은 기가 막혔다.

'형님이 시킨 일⋯⋯.'

그러고는 그가 말한 말을 속으로 곱씹었다.

"근데 딱 저 녀석이 절 노리고 온 거란 말입니다. 어디서 사주를 받은 건지 아닌지 저 녀석을 족쳐서라도 알아낼 겁니다!!"

열을 내는 이정진과 달리 이강호는 난처하다는 표정으로 무열을 바라봤다.

"이것 참, 오랜만에 북부로 돌아오는 길에 이 녀석을 보러

왔더니 칼부림을 볼 줄은 꿈에도 몰랐군. 자네, 이 녀석과 원한이라도 있는 겐가.”

“……..”

이강호는 자신의 물음에도 불구하고 아무런 대답이 없는 무열을 보며 살짝 눈썹을 찡그렸다.

“원한? 카스테욘숲의 하이에나에게 원한이 없는 인간은 드물지. 지금까지, 그리고 앞으로 더 많이 생길 원한은 수를 셀 수도 없을걸.”

무열의 말이 무슨 뜻인지 두 사람은 알지 못할 것이다. 하지만 적어도 하이에나가 자신을 지칭하는 말이라는 걸 이정진은 본능적으로 알았다.

“겁대가리 상실한 새끼가……!”

“쉿.”

이강호가 이정진을 막았다.

“하하, 내가 하고 싶은 말은 날 봐서 한 번 양보해 주는 게 어떤가 싶은 거네. 이렇게 둘이 붙다가는 어느 한 명 크게 다치겠어.”

“……..”

무열은 아무런 대답도 하지 않았다.

자신을 봐서……?

“이 새끼가 입에 풀이라도 처발랐나! 대답 안 해?!”

“녀석아!”

콰앙……!!!

대답이 없는 무열의 태도에 화가 난 듯 이정진이 달려들려고 한 발자국 내딛는 순간이었다. 이강호가 검집으로 이정진의 어깨를 강하게 내려쳤다. 그러자 놀랍게도 거구가 힘도 써 보지 못한 채 그대로 사죄를 하는 것처럼 무릎을 꿇으며 쓰러졌다.

"큭!! 형님!!"

원망스러운 눈빛으로 이강호를 바라보며 이정진이 고개를 돌려 소리쳤다.

"정진아, 내가 말하고 있잖느냐."

D랭커인 이정진을 한 방에 쓰러뜨린 실력.

진짜다.

무열은 이강호가 자신에게 실력을 보이기 위해 일부러 더 강하게 이정진을 쓰러뜨린 것임을 알 수 있었다.

자신과 그의 실력 차. 인정하고 싶지 않지만 인정할 수밖에 없다.

이강호는 강하다.

두 사람의 공격을 한꺼번에 막았던 것이라든지 지금 이 모습에서라든지, 이강호는 말하고 있는 것이다.

'자신을 봐서 물러나 달라'라는 말은 '자신의 힘을 보고도 덤빌 용기가 있느냐'라는 뜻이었다.

"내 아우의 불찰을 용서하게. 내가 남부로 여행을 다녀오는 동안 이 친구에게 북부를 좀 맡겼었네. 그런데 이런 식으로 일을 처리할 줄은……. 대강 분위기를 보니 무슨 일인지 알겠네. 뭔가 오해가 있었나 보군. 내 단단히 이 녀석을 혼내겠네."

진심을 담아 사과를 하는 듯 이강호는 무열을 향해 고개를 숙였다.

'혼을 내……?'

기가 막혔다.

"큭……."

무열은 그 말에 자신도 모르게 헛웃음을 짓고 말았다.

"게다가 난 실력이 있는 친구들을 좋아하네. 그들을 찾으러 대륙을 돌아다니고 있기도 하고 말이야."

자신을 지긋한 눈빛으로 바라본다. 그 눈동자 속에 어떤 의미가 담겨 있는지 잘 안다. 어느 누가 봐도 속을 수밖에 없을 것 같다.

"자네 역시."

"형님!!"

그의 말에 이정진이 인상을 구기며 소리쳤다.

"그 나이에 이 정도 실력, 그리고 이만한 배짱이라면…… 더 높은 곳을 노려봐도 좋겠지."

대단한 남자다. 이런 상황에서 오히려 적에게 손을 내밀다니.

"내가 그리고자 하는 큰 그림에 자네 같은 사람이 있다면 멋지겠지."

무열은 처음으로 깨달았다. 아니, 온몸으로 느꼈다고 해야 하는 게 옳을 것이다.

권좌에 오르는 남자는 결코 평범할 수 없다.

"허허, 물론 지금 결정하라는 건 아니네. 이런 상황에서 당연히 말도 안 되는 일이지. 단지 오늘은 유혈 사태를 피하고 싶은 것뿐이니까. 하지만 언젠가 자넬 영입하고 싶다는 욕심은 진심이네."

어디까지를 진실로 받아들여야 할까. 이 남자의 깊이를 가늠할 수 없다는 사실에 무열은 처음으로 비소를 띄웠다.

"훗."

인간군 정점에 오른 한 사람.

재벌도, 권위자도, 최고 지도자도 아닌 평범한 50대의 남성이었기 때문에 오히려 모든 사람을 매료시킬 수 있었던 남자.

무열이 인정했던 남자. 무열이 존경했던 남자.

하지만, 이젠 모두 아니다.

"놀랄 일이야. 훗, 만약 지금 그 손을 잡으면 내가 대단하신 이강호의 첫 번째가 될 수도 있다는 건가."

모두가 꿈꿔왔고 모두의 선망의 대상이었던 이강호의 다섯 제자.

강찬석, 김호성, 윤선미, 노승현, 이지훈.

그들을 만나기 전, 이강호가 무열에게 먼저 손을 내민 것이다.

그전의 삶이라면 상상도 하지 못한 일이었다. 그리고 고민도 하지 않고 그 손을 덥석 잡았을 것이다.

'아니.'

적어도 이 자리에서 만나지만 않았더라도.

권좌를 노리겠다고 했던 이번 생에서도 한 번쯤 고민했을지 모른다. 하지만 이제 뒤죽박죽 흩어졌었던 퍼즐들이 하나하나 맞춰지면서 커다란 그림이 완성되었다.

이강호가 이곳에 있다는 것. 그것 하나로 모든 것이 설명되었다.

"그때, 처음 알았던 게 아니군."

무열이 이정진을 바라봤다.

자신의 동생마저 가차 없이 죽였다. 그리고 흘린 눈물. 어디까지가 진실이고 어디까지가 거짓일까.

권좌에 오르기 위해 필요했기 때문?

그렇게 생각할 수도 있다. 왕이라면 때로는 눈물을 머금고 썩은 가지를 잘라내야 할 때도 있다.

하지만.

'형님이 시킨 일…….'

이건 다르지. 명백히.

이제야 알 것 같다. 이정진이 붙잡혔을 때 했던 마지막 발악들. 지금 생각해 보면 조금 이상했다.

"네놈……."

"더 이상 악행을 볼 수 없다. 그만해라."

"닥쳐!! 네가 그런……!!"

똑같은 기억이지만 이제 전혀 다르게 들린다.

이용당한 거다. 그 역시.

'이런 자에게 우린 희망을 걸었던가.'

아니, 미래를 걸었던가.

"연기였군, 모두."

무열은 곡도를 늘어뜨렸다. 그러고는 천천히 반대쪽 손을 들어 올렸다.

"……음?"

이강호가 그의 모습에 가로로 고개를 꺾었다.

그의 얼굴에 위치하자 보란 듯이 무열이 펼쳤던 손을 모아 주먹을 쥐었다.

"……."

손가락이 위로 보이게 뒤집은 주먹을 이강호의 눈앞에 보인다.

꿈틀.

이강호의 눈썹이 씰룩거린다.

움켜쥔 주먹에서 단 하나, 가운뎃손가락이 반듯하게 펴지는 순간 그의 얼굴이 완전히 구겨졌다.

이강호는 분명 강하다. 하지만 지금 이 말은 꼭 해야겠다. 처음 그의 헛소리를 듣자마자 말하고 싶었던 걸 꾹꾹 참고 있었다.

무열은 토해내듯 말했다. 모두가 들을 수 있도록.

또박또박.

"좆까."

9장
두 번째 스킬

"하…… 하하하하!!!!"

웃음소리가 산채가 떠나갈 듯 커다랬다. 이강호는 마치 당돌하나 위협적이진 않은 아이를 바라보는 것처럼 기특한 표정으로 무열을 바라봤다.

"역시, 내가 사람을 제대로 봤군. 안 그러냐, 정진아."

그의 말에도 불구하고 이정진의 표정은 좋지 않았다. 당연한 일이었다. 자신의 목을 베려고 했던 적이 어떻게 좋게 보이겠는가.

"남자라면 저 정도 배짱은 있어야지. 이 세계에서 살아남으면 말이야."

"……."

"그런데."

한참을 그렇게 웃던 이강호의 눈빛이 순간적으로 서늘하게 변했다.

"실력이 배짱을 따라가 주는지는 확인해 봐야겠군."

스앙.

이강호의 검집에서 검이 뽑혔다.

"정진이 정도면 내뱉은 말의 값으론 부족할 걸세."

그 순간, 무열은 자신의 등 뒤에서 이강호의 목소리를 들을 수 있었다.

"……!!!"

반사적으로 곡도를 들어 세로로 세웠다.

파카카캉-!!

롱소드와 곡도가 맞물리며 불꽃이 튀었다.

두 사람의 거리는 약 30m. 그 간격을 뛰어넘어 눈 깜빡할 사이 이강호가 무열의 코앞으로 다가온 것이다.

휘리릭-!!

이강호가 허리에 달려 있는 소검을 뽑았다. 그러고는 자신의 검에 덧대면서 양손으로 무열의 곡도를 밀었다.

"흡!!"

숨을 한 번 들이마시고.

캉!! 카아앙---!!

양손을 위로 치켜들며 세로로 세워진 곡도를 튕겨내자 무열의 몸이 휘청거렸다.

자신의 일격을 막아낸 무열을 보며 이강호는 고개를 끄덕였다.

두 사람의 거리가 벌어지려는 찰나, 그는 기다렸다는 듯 지면을 박차며 더욱더 무열의 품 안으로 파고들었다.

스팟!!

그의 롱소드가 무열의 어깨를 살짝 베고 지나갔다.

"큭……!"

무열은 비틀거렸지만 곧바로 이강호를 향해 이를 악물며 곡도를 휘둘렀다.

하지만 이미 그는 무열의 공격을 예측한 듯했다. 이강호의 왼팔에 들려 있는 소검이 기묘하게 움직이더니 춤을 추는 것처럼 두꺼운 곡도의 날의 주위를 두세 바퀴 휘감듯 움직였다.

카르르르륵———!!!

갈리는 소리와 함께 이강호의 팔이 움직이는 궤도에 따라 소검이 무열의 곡도의 속도를 죽였다.

"제법이야."

평범한 중년의 모습에 현혹되면 안 된다. 절대 잊지 말아야 한다. 그는 검투사. 셀 수 없이 많은 인류 중에서 유일하게 단 한 명, 그 칭호를 받은 남자였다.

'맙소사……. 저게 사람이야?'

최혁수는 두 사람의 격돌을 바라보며 어처구니가 없었다.

이정진과는 비교도 할 수 없는 격차. 그 역시 첨탑을 통과

해서 D랭크에 도달한 강자였다. 하지만 끊임없이 쇄도하는 이강호의 검은 마치 살아 있는 것처럼 보였다.

지금껏 이런 격돌은 보지 못했다.

파카카캉!!!

불꽃이 튀었다.

롱소드와 더불어서 숏소드의 쌍검을 자유자재로 사용하는 이강호가 무열을 몰아붙였다. 하지만.

'저건…… 마치 감각으로 막는 것 같잖아.'

이강호의 힘이 실린 일합, 일합의 공격마다 무열은 아슬아슬하게 롱소드를 막고 숏소드를 피했다.

몰리고 있는 건 사실이다. 하지만 위태로워 보여도 확실하게 치명상은 피하고 있었다.

'저런 싸움이…… 가능해?'

세븐 쓰론을 경험하고 있는 인간은 모두 스킬의 무게에 대하여 가볍게 치부할 수 없을 것이다. 스킬은 공격을 더 강하게 해주고 신체를 더 단단하게 해주기도 하며 인간의 영역을 뛰어넘게 만든다. 하지만.

'저건…… 그런 게 아냐.'

최혁수는 무열의 전투를 보면서도 믿을 수가 없었다.

스각---!!!!

무열이 물러서지 않고 곡도를 잡았던 손의 방향을 틀어 다시 한번 검을 그었다.

부우웅!!!

위에서 아래로 내려쳐진 곡도가 거대한 폭격이라도 쏟아붓는 것처럼 육중한 굉음을 토해냈다.

쿠웅-!! 카강!!!

무게를 실은 무열의 일격.

핑그르르.

하지만 이강호의 소검이 마치 살아 있는 뱀처럼 강검의 옆면을 스치고 지나 송곳니로 무는 것처럼 날카로운 마찰음을 뱉어내며 곡도를 휘감았다.

핏-!!

무열의 뺨에 붉은 선이 그어졌다.

순식간에 수십 합을 주고받은 무열과 이강호가 서로를 등지고 몇 발자국 걸음을 뗀 채로 각자 끝에 멈추었다.

치이이이이…….

뭔가가 타들어 가는 것 같은 연기가 이강호의 발아래에서 피어올랐다.

그만큼의 격전.

그는 소검을 빙그르르 돌리며 말했다.

"허…… 이것 참. 남부 경기장을 끝내고 힘들게 얻은 검인데. 이걸 막는 것을 보니 자네 것도 범상치 않은 물건인가 보군."

예리한 날을 품은 소검을 보여주며 피식 웃었다.

"놀랍구만. 이 정도로 받아칠 수 있을 거라곤 생각 못 했는데 말일세. 뭐랄까……. 자넨 다른 사람들과 뭔가 다르군. 스킬이나 스테이터스가 아니라 몸이 검에 반응하는 것 같아."

이강호는 예리한 눈빛으로 무열을 훑었다.

"퍼스트 킬러도 그렇고……. 세상에 참 대단한 사람이 많아. 안 그런가?"

4차 침공을 막은 주인공이 무열임을 모른다.

무열은 그의 말에 내색하지 않았다.

"이래서 이곳이 재밌단 말이지."

'……미쳤어.'

최혁수는 무열이 상대하고 있는 이강호의 숏소드를 바라보며 인상을 구겼다.

'열사(熱砂)의 소검.'

그는 이강호의 무기를 단번에 알 수 있었다.

'남부 경기장이라고 했을 때부터 눈치챘어야 하는데…….
하필 저 아저씨가 그 경기장의 승자일 줄이야.'

이걸로 확실해졌다.

'최소 D랭커. 어쩌면…….'

그 이상일지도.

최혁수는 처음으로 자신보다 더 높은 랭커가 없을 거라던

천재의 자존심을 구기고 현실을 인정했다.

'……그것도 남부 경기장 출신.'

대륙에 랭크 업을 위한 던전은 모두 두 곳.

북부의 불꽃 첨탑, 남부의 경기장.

둘 중 하나를 자유롭게 선택할 수 있을 것 같지만 대부분의 사람은 북부에 있는 첨탑에서 랭크 업을 한다.

최혁수 역시 마찬가지.

징집된 인류가 시작하는 지점이 북부라는 점과 그로 인해 거점의 형성 역시 북부에서 만들어진 것 때문도 있었지만 사람들이 남부로 가지 않는 가장 큰 이유.

'난이도가 완전히 다르다.'

북부와 남부는 거리상의 문제도 있었지만 그것보다 더 남부를 금역이라 칭하는 건 그곳의 환경 때문이었다.

뜨거운 모래사막.

생존에 열악한 환경과 더불어 서식하는 몬스터들의 강함까지 북부와는 차원이 달랐다. 멋모르고 남부에 발을 들여놓았던 대부분이 돌아오지 못하고 죽었다.

"대단하군. 아무도 가지 않는 남부에서 랭크 업까지 성공할 줄이야."

무열은 날카롭게 베어진 자신의 상처를 보며 낮은 목소리로 중얼거렸다.

'남부에 터전을 잡았던 중국 출신인 불멸자 염신위조차 랭

크 업은 북부에서 했다고 하던데…….'

대륙에서 가장 많은 던전을 클리어하고 가장 많은 히든 피스를 수집했던 히든 이터(Hidden Eater) 카토 유우나.

무열은 그녀의 말이 사실이었음을 인정하지 않을 수 없었다.

'이강호가 남부를 경험하지 못했더라면 뒤따라오던 불멸자와 번개군주와의 추격을 떨쳐 내기 어려웠을 것이다. 하지만 나 역시 엄두도 못 내던 초기. 한발 먼저 남부에서 얻은 보상들은 그를 정점에 서게 만든 원동력이었다.'

높은 난이도, 높은 위험성.

그러나 그만큼 보상의 퀄리티 역시 높다.

하지만 이건 코인을 넣으면 계속해서 이어할 수 있는 게임이 아니다.

사람의 목숨은 단 하나.

그러니 위험한 남부보다 조금이나마 안전한 북부를 택하는 것이 당연한 선택이었다.

아직은 아니지만 무열 역시 마찬가지다.

"언젠가 공략해야 할 영역일 뿐."

담담하게 말을 하는 그를 보며 이강호가 씨익 웃었다.

"자네, 보면 볼수록 정말 재밌군."

그와 동시에 이강호의 몸이 사라졌다. 아니, 사라진 것 같이 느껴졌다.

그 안에 있던 모든 사람이 그를 찾으려 두리번거렸다.

쉬이이익!!

공기를 가르는 소리가 똑똑히 들렸다. 하지만 이강호의 모습을 제대로 포착할 수 있는 사람은 고작 이정진과 최혁수뿐이었다.

"흐읍!!"

무열이 숨을 참았다. 그리고는 자신을 향한 공격을 아슬아슬하게 몸을 틀며 피했다. 하지만 검의 움직임은 거기서 끝나지 않고 계속해서 무열을 향해 쇄도해 들어갔다.

좌측 상단으로 비스듬하게 베어진 롱소드가 곡도와 부딪혔다.

카앙……!!

약간의 틈을 놓치지 않고 그 안으로 소검이 무열의 옆구리를 노린다.

사각으로 치솟는 소검은 마치 뱀의 머리 같아 보였고 그의 롱소드는 뱀의 꼬리 같았다.

본 적이 있는 검술.

무열이 검병 2부대에 소속되어 있을 때 그가 사용하는 것을 봤었다. 그리고 그 무위까지 잘 알고 있다.

연사검(軟蛇劍).

다섯 초식으로 되어 있는 이강호의 절기.

남부 경기장뿐만 아니라 얻기 힘든 스킬까지. 이강호란 남자는 도대체 남들보다 몇 수나 앞으로 가 있었던 걸까.

확실히…… 대단한 남자가 아닐 수 없다.

하지만, 이리저리 움직이는 검무 사이로 무열의 눈빛이 빛났다. 가볍게 내디딘 발아래 품 안으로 파고들며 그는 곧바로 곡도를 반대쪽으로 회전시키며 손잡이를 가슴 쪽으로 잡아당겼다.

긴 곡도의 끝이 지그재그로 움직였다.

콰아아앙!!!

두 사람의 검이 맞붙으며 지나갔다.

"……."

"……."

주륵.

검을 뗀 순간이었다. 몰아붙이던 이강호의 왼팔에서 붉은 피가 흘러내렸다. 옷자락이 잘려 펄럭이면서 떨어졌다.

스으윽…….

그 틈으로 보이는 날카로운 검상(劍傷). 짧은 순간 이강호의 연사검에 무열이 강검술로 응수했던 것이다.

"형님!!!"

다급한 이정진의 외침.

"별거 아니다."

당장에라도 달려올 것 같은 그를 이강호가 말렸다.

팍-!!!

파팟———!!!

무언가 터지는 듯한 소리와 함께 이강호의 말이 끝나자마자 무열의 어깨와 허벅지에서 피가 솟구쳐 올랐다.

붉은 피가 팔을 타고 흘러내린다.

'망했군, 젠장.'

최혁수는 그 모습을 보며 고개를 저었다. 그리고 그는 이미 아무도 모르게 생각했던 계획을 실행에 옮길 타이밍을 찾았다.

"강하군."

무열은 진심으로 말했다.

이강호가 어째서 강한지 검을 부딪치고 나자 알 수 있을 것 같다. 그가 권좌에 오를 수 있었던 이유 역시.

그건 몬스터가 아닌 사람, 이강호란 존재가 사람에게 강하기 때문이다.

스킬 대 스킬, 검술 대 검술.

무열은 이강호가 모든 것에서 자신보다 더 위에 있다는 것을 인정할 수밖에 없었다.

'하지만 못 닿을 건 아니야.'

이강호에게 연사검이 있다면 자신에겐 강검술이 있다. 그리고 그에게 뛰어난 재능이 있다면 자신에겐 생과 사를 넘나들던 전장에서의 경험이 있다.

그리고, 이강호에겐 없고 자신에게 있는 것.

'난 스킬북에 의존하지 않는다.'

바로, 스킬 창조.

물론 무열에게도 제한은 있다. 정확한 스텝과 정확한 동작이 맞물리지 않으면 스킬 창조가 발현되지 않는다는 점.

그 조건엔 스킬을 받는 자에 대한 조건도 있다.

그렇기 때문에 지금까지 익히지 못한 하나.

"고맙군. 제대로 된 상대가 없어서 사용할 수 없었는데……당신 덕분에 가능하겠어."

"……흠?"

이강호가 무열의 말에 고개를 갸웃거렸다.

검에 무게를 실어 강력한 파괴력을 만들어내는 강검술은 사람보단 몬스터 사냥에 맞춰 창안된 검술이었다.

하지만 종족 전쟁은 다르다.

말 그대로 전쟁. 여섯 종족 중엔 네피림이라든지 마족과 같은 인간형들도 있었다.

그렇기에, 수년 뒤에 이강호가 창시한 대인검술(對人劍術). 몬스터가 아닌 사람에게 사용해야 터득할 수 있는 이 검술은 강찬석도 제대로 받아내지 못한 탓에 끝까지 스킬을 시전할 수 없어 무열도 발현하지 못했었다.

무열이 곡도를 잡고 자세를 취했다.

'당신이 만든 검술을 이젠 당신이 막아야 할 상황이로군.'

그러고는 그를 바라보며 말했다.

"이래도 재밌을까?"

"……음?"

이강호는 자세를 취한 무열의 모습을 보며 뭔가 이상함을 본능적으로 느꼈다. 마치, 남부 경기장에서 마지막 층의 주인이자 보스 몬스터인 열화검사를 상대할 때의 느낌.

살기(殺氣).

아무것도 하지 않았지만 소름이 돋는다. 자신의 몸이 저 안으로 들어가지 말라고 외치고 있었다.

씨익.

그 순간, 이강호가 입꼬리를 올리며 웃었다.

"좋군."

마치 지금 이 상황을 즐기는 것 같은 모습.

용기와 만용은 종이 한 장 차이. 하지만 이강호는 오히려 자신의 실력을 시험하고 싶은 마음이었다.

반대로, 내색하지 않지만 무열은 긴장하고 있었다.

검투사가 창안한 두 번째 검술, 비연검(飛軟劍).

훈련소를 수료하고 검병부대에 들어간 무열은 검병1부대가 아닌 2부대에 소속되었다.

그가 1부대가 아닌 2부대에 소속된 이유. 바로 대인검술을 마스터하지 못했기 때문이다.

그만큼 어려운 스킬이다. 마나가 없어도 익힐 수 있다는 점은 같았다. 그러나 단조롭지만 파괴력에 중점을 둬 누구나 습득이 가능한 강검술과 달리, 이강호가 죽기 전 마지막으로 창

안한 이 검술은 변화무쌍하며 난이도가 높아 병사들 중에서
도 극히 일부만이 익힐 수 있었다.

그렇기 때문에 그걸 익힌 검병1부대야말로 인간군 중 최정
예 부대 중 하나였다.

오로지 전장을 위한, 사람을 죽이기 위한 검.

자신의 절기인 연사검을 비롯해 검투사가 익힌 세 가지 스
킬의 특징을 조합해 새로이 창안한 대인검술. 그게 바로 비연
검이다.

'……할 수 있을까.'

아니, 해야 한다.

무열은 곡도를 잡은 손에 땀이 맺히는 것을 느꼈다.

후회?

이제 와서 그런 마음을 가지는 것도 어리석은 일이지만 자신
이 내뱉은 말에 대해 후회는 없다. 지금이 아니면 기회는 없다.

'이강호야말로 비연검을 발현할 최적의 상대다.'

위험한 도박이지만 무열이 그를 상대로 이것을 하려는 이
유. 그건 비연검이 끝까지 시전되기 전까지 그 검을 버텨낼 수
있는 상대가 없기 때문이다.

그렇다고 막무가내로 대책 없이 이런 일을 벌인 게 아니다.
이건 카드를 쥔 도박.

'최초의 검술 창조자'.

강검술을 발현한 대가로 획득한 타이틀에 의한 검술 마스

티리 습득률 상승 효과.

델리카를 사냥하는 과정에서 얻은 검술 D랭크.

그렇기에 도전하는 것이다. 무열은 이미 검술에 있어서 예전의 자신을 뛰어넘고 있었기 때문에.

'저번 생에서는 제대로 써보지 못한 검술이었지만 이번엔 다르다.'

"후……."

무열은 호흡을 내뱉으면서 생각했다.

'성공한다면…….'

한 단계 더 높은 곳으로 올라설 수 있다.

"훗, 좋아. 숨겨놓은 게 있나 보군? 어디 구경 좀 해볼까."

시작은 이강호였다. 그의 손바닥 위에서 바람개비처럼 소검이 손잡이를 중심으로 핑그르 돌았다. 자신을 향해 뛰어오는 그를 보면서도 무열은 미동조차 하지 않았다.

'아직이다.'

탁-!!

이강호가 지면을 박차고 뛰어오르며 벽을 밟고 다시 한번 사선으로 회전했다.

차악……!

회전하던 소검이 멈춤과 동시에 그는 소검의 방향을 뒤로 잡으며 손잡이 부분을 롱소드의 손잡이와 맞물리게 했다.

뱀처럼 쇄도하는 이강호의 검.

스아아아앙……!!!

바람 소리가 일며 이강호의 쌍검이 무열을 향했다.

"조…… 조심해요!!!"

숨어 있던 최혁수가 그 모습에 자신도 모르게 소리쳤다.

"뭐야?! 저 녀석은!"

"한패다!!"

"당장 찾아!!"

아차 싶었지만 늦었다.

'젠장……!!'

지금껏 단 한 번도 이런 적이 없는 그가 어처구니없는 실수를 저질러 버린 것이다.

어째서일까. 타인에 대해 생각하는 것보다 자신을 생각하던 그가 위험하다는 것을 알면서 무열에게 소리친 것이다.

최혁수는 스스로도 이해가 가지 않은 행동에 손으로 입을 틀어막았다.

그때였다.

"……!!!"

최혁수의 외침이 마치 시작을 알리는 휘슬이 된 것처럼 그 순간 무열이 움직였다. 자신이 위험을 무릅쓰고 경고까지 했건만. 무열은 피하는 것이 아니라 오히려 달려오는 이강호를 향해 뛰어들었다.

'저 사람은 도대체 목숨이 몇 개라도 되는 거야, 뭐야? 어떻

게 저렇게……!!'

안타까움과 걱정과 화가 뒤엉키는 묘한 마음에 최혁수는 속으로 온갖 욕을 하면서도 무열에게서 시선을 뗄 수가 없었다.

뱀처럼 무열의 목을 노리는 이강호의 검.

목덜미에 소검이 닿기 바로 직전.

'끝이다.'

회심의 미소를 짓던 그는 놀라지 않을 수 없었다.

탁.

기대했던 굉음은 없었다.

있는 힘껏 내지른 소검이 어처구니없게도 무열의 곡도의 손잡이 끝에 아슬아슬하게 닿았고, 투박한 곡도가 마치 살아 있는 것처럼 소검을 흘려 버린 것이다.

"후우."

무열이 참았던 숨을 토해낸다. 그건 반격을 알리는 작은 외침이었다.

인류의 완력을 뛰어넘은 마족.

인류의 속도를 뛰어넘은 네피림.

인류의 재생을 뛰어넘은 용족.

열악한 환경 속에서 인류가 그들을 맞이해서 전쟁에서 싸울 수 있는 방법.

완력보단 민첩함, 속도를 무시하는 변칙성, 그리고 재생을 뛰어넘는 살상력.

그게 인간이 자신보다 강한 종족에 대항하는 방법으로 찾은 답이었다.

'해낸다.'

비연검 1식, 질풍(疾風).

몸 안을 맴도는 혈류들이 파도가 치듯 휘몰아치기 시작했다.

심장박동이 급격하게 빨라지며 그 고동 소리에 맞춰 곡도가 움직였다.

스강-!!!

일점(一點).

스가가가각--!!!!

이점(二點).

촤아아악……!!!

마지막 극점(極點).

무열의 검이 공간을 꿰뚫고 허공을 갈랐다. 마치 허공에 미리 점을 찍어놓은 것처럼 곡도가 예측할 수 없는 방향으로 튕기듯 질주했다.

"……!!!"

이강호는 무열의 검이 자신의 연사검과 흡사하다는 것에 놀라지 않을 수 없었다.

당연한 일이다. 연사검을 비롯해 검투사의 세 가지 스킬을 조합하여 마나가 없이도 비슷한 위력을 낼 수 있게 만든 대인

검술이니까.

그러나 이강호는 그 움직임을 눈으로 좇지 못했다. 뒤늦은 잔상만이 그를 스치고 지나갔다.

당혹스러운 표정.

지금의 그가 미래의 자신이 창시한 이 검술에 대해 알 리가 없을 테니까.

그리고 그 시간만큼 검술은 진보하고 강해졌다.

이제 막 연사검의 스킬북을 획득한 이강호가 미래의 자신이 만든 검술을 당해낼 수 있을 리가 없었다.

알면서도 막을 수 없는 공격.

바로 지금 무열의 검을 말하는 것일지 모른다.

콰아아아앙!!!!

날카로운 파공성 뒤에 울리는 굉음.

무열이 발을 안쪽으로 내리누르면서 그 다리를 주축으로 곡도를 회전시켰다.

챙-!!!

날카로운 쇳소리.

매서운 공격이었으나 이강호는 자신의 롱소드로 무열의 검을 막았다.

명불허전.

이강호는 이강호였다. 그 역시 아직 다듬어지지 않은 검임에도 불구하고 수년 뒤 자신의 검을 본능적으로 막았으니 말이다.

곡도가 튕겨 나갔다. 무열은 손바닥이 저릿저릿한 느낌에 이를 악다물며 더욱 손잡이를 잡은 두 손에 힘을 주었다.

챙!!!! 채챙!!! 카앙———!!

쇳소리와 함께 곡도가 부딪친 자리에 누구의 것인지 모를 붉은 혈흔이 후두둑 떨어졌다.

쇄도하는 곡도가 빠르게 이강호를 스치며 지나갔다.

"크윽……."

털썩.

비틀거리며 쓰러지는 이강호의 모습 뒤로 무열의 어깨가 부르르 떨렸다.

붉은 혈흔은 이강호의 것.

무열의 어깨가 떨린 이유는 상처가 아닌 눈앞에 생성된 메시지창 때문이었다.

[비연검 발현!!]

[현존하지 않는 새로운 검술을 발견하였습니다.]

[비연검을 습득하였습니다.]

[습득률 1%]

[스킬 : 검술의 록이 해제되어 있으므로 검술 마스터리 20 Point 상승하였습니다.]

[검술 마스터리 : 50%(D랭크)]

[두 번째 검술 특전]

[현재 스테이터스 15 Point 상승]

[관련 스킬 : 검술]

[검술 마스터리 습득률 5% 상승]

[검술 스킬 위력 10% 상승]

도박은 성공했다.

충격적인 결과에 산채 안에 있는 사람들은 순간 굳어버린 것처럼 우두커니 그 모습을 바라보기만 했다.

위기의 순간을 반대로 뒤집으면 기회의 순간이 된다.

전 생애에서 도달하지 못했던 검병1부대들만이 익혔던 검술을 무열은 고작 반년의 시간이 흐른 이 시점에서 성공시켰다.

'적어도 이건 당신에게 감사해야겠군.'

이강호란 적이 없었다면 비연검을 얻는 것은 훨씬 더 후일이 됐을 테니까.

휘익.

이곳은 적진(敵陣). 감상에 빠질 여유는 없다. 무열이 다시 한번 곡도를 쥐었다. 손에 착 감기는 기분 좋은 느낌이 그를 다시 한번 고양시켰다.

이제 해야 할 일은 하나.

"……이 새끼가."

시종일관 여유가 넘쳤던 이강호의 얼굴이 처음으로 악귀처럼 일그러졌다.

무열은 틈을 주지 않았다. 비틀거리는 이강호를 향해 그가 달리기 시작했다.

타다다닥――!!!

비연검을 습득한 뒤 모든 스테이터스가 향상되면서 그의 속도가 빨라졌다. 아니, 스테이터스를 뛰어넘어 빨라진 것처럼 느껴졌다.

민첩성의 증가한 것도 있지만 사람들의 눈에 무열의 몸이 자연스럽게 흐르는 바람처럼 느껴지는 이유는 바로 검술의 특성 때문이었다.

강검술이 말 그대로 '강(强)'의 검이라면 비연검은 그와는 정반대로 '속(速)'의 검이었다.

연계기.

비연검을 시전하는 순간 이어지는 검의 궤도는 체감상 무열의 속도를 두 배, 세 배 더 빠르게 했다.

콰아앙―――!!!!

무열의 곡도와 이강호의 검이 맞물렸다. 곡도를 마주한 오른팔이 파르르 떨렸다. 이강호는 황급히 나머지 쪽의 소검을 돌려 손잡이를 잡고 있는 무열의 손을 찌르려 했다.

"크윽!!"

어깨의 상처가 욱신거렸다. 이강호는 부들거리는 자신의

오른팔을 바라보며 인상을 구겼다.

무열에게 기회를 준 것. 그건 이강호의 뼈아픈 실책이었다.

'젠장! 어떻게 이런 녀석이 있을 수 있지……?'

후회해도 늦었다.

숨겨놓은 절초.

스킬북을 얻어 익혔다면 충분히 그럴 수 있다. 하지만 이미 이강호는 무열의 강검술을 봤다. 뛰어난 스킬이지만 자신의 연사검에 비한다면 한 수 아래였다.

그렇기 때문에 느긋한 마음에 여유를 부릴 수 있었다. 하지만 마치 다른 사람이 된 것처럼 무열은 또 다른 스킬을 썼다.

완전히 상반되는 검술.

아무리 스킬을 익혔다고 하더라도 이렇게 다른 두 개의 검술을 쓸 수 있는 자는 없었다. 아니, 애초에 이 시점에서 한 개의 스킬을 얻는 것도 힘든데 두 개나?

말이 되지 않았다.

'도대체 어디서 튀어나온 놈이야? 남부에서도 이런 녀석은 없었는데…….'

고민은 또 다른 의문을 불러일으킨다. 그리고 정신이 다른 곳으로 흐트러지는 순간, 일촉즉발의 위기의 연속인 결투에서 실수가 만들어지는 건 자명한 일.

약간의 빈틈이 만들어낸 차이. 그것이 승부의 결말을 만드는 결정적인 실수가 된다.

"……!!!"

무열의 비연검이 이강호의 쌍검을 튕겨냈다. 황급히 자세를 잡으며 그가 반격을 꾀하려는 순간, 묵직한 무게가 느껴졌다.

무열이 튕겨 나가는 곡도의 날 중간을 움켜잡고서 그대로 반원을 그리며 검을 내려쳤다.

황급히 롱소드를 들어 막으려고 했지만 이미 그의 검은 튕겨 나가 돌아간 팔이 검을 회수하는 것이 늦고 말았다.

손바닥에 피가 났지만 곡도의 날 중간을 잡아 튕기는 반동을 줄인 무열의 검과 완전히 뒤로 밀려 나간 이강호의 검이 회수되기까진 1초의 차이가 났다.

단 1초.

고작 1초의 차이.

그 찰나의 차이는 집중의 차이였고. 쉽사리 막았던 강검술을 막을 수 없는 치명적인 차이를 만들어냈다.

쫘드드드득———!!!

살이 비틀리는 듯한 소름 돋는 소리가 들렸다.

위에서 아래로 찍어 누르는 강검술은 곡도의 무게와 함께 더욱더 큰 위력을 발휘했다.

검투사의 검술.

쌍검합일이라 불릴 정도로 두 자루의 검으로 발현한 그의 연사검은 그 누구도 따라올 적수가 없을 정도로 특별했다.

하지만 이제.

꽈드드득…….

찍어 누른 곡도에 힘을 주어 비틀자 날이 이강호의 어깨를 부숴 버리며 파고들었다.

"아아아아아아악!!!!!!"

찢어질 듯한 비명이 터져 나왔다.

곡도가 어깻죽지의 절반가량을 베어버리며 박히자 이강호의 두 다리가 부들부들 떨리더니 결국 무릎을 꿇고 주저앉았다. 검을 잡고 있던 팔이 마치 줄이 끊어진 인형처럼 너덜너덜 제멋대로 움직였다.

마치 굶주린 맹수처럼 곡도는 이강호의 살과 피가 아직 모자란 듯 파르르 떨렸다.

이곳에서 이강호가 죽는다면……?

검투사는 존재하지 않는다.

'나의 선택이 미래를 바꾸게 만든다.'

자신의 결정이 옳은 일일까?

모른다.

회귀를 했지만 그는 평범한 인간.

우습게도 다시는 자신의 선택에 후회스러운 결과를 만들지 않으리라 다짐했지만 결국 무수한 선택의 기로에서 모든 게 정답일 수 없다.

하지만 해야 할 일이었다. 단순히 분노에 의한 실수가 아닌.

그렇지 않으면 이강호가 분명 권좌의 왕에 오르게 될 테니까.

똑같은 미래의 번복. 인류의 멸망.

'난 그 결과를 안다.'

그렇기에 적어도 그것만큼은 막아야 했다.

타앙!!!

그때였다. 날카로운 예기를 뿜어내는 화살이 무열의 어깨에 박힌다.

"큭!!"

무열의 몸이 들썩인다.

"쿨럭…… 쿨럭!!"

이강호의 입에서 피가 주르륵 흘러내렸다. 고개를 올려다 보며 그의 광대뼈가 부들부들 떨렸다.

"형님!!!!"

"이 개새끼!! 죽여 버려!!!"

이정진의 다급한 외침. 산채에 있는 모든 사람이 무열을 향해 달려들었다.

"크아아아아아!!!!!"

욱신거리는 어깨의 통증을 무시하며 무열은 오만 가지의 감정이 가득 실린 외침을 뱉어내며 곡도를 잡은 손에 더욱 힘을 주었다.

촤아아악!!!

사선으로 그어지는 붉은 실선. 터져 나오는 피.

무열의 얼굴 위로 한 움큼의 뜨거운 피가 쏟아지며 흘러내렸다.

검투사.

인간군 최강의 존재.

권좌의 왕이 될 기질을 가진 사람.

그가 지금…… 죽었다.

100만 군세의 왕.

그의 죽음이 이런 깊은 산속에서일 거라고 어느 누가 생각할 수 있을까. 아니, 무열은 그 죽음을 자신의 손으로 결정할 것이라곤 상상도 하지 못했다.

그 순간, 마치 시간이 멈춘 것같이 모두가 굳어버렸다.

오직 한 사람.

"후우……."

무열만이 숨을 내쉬었다.

부들부들 떨리는 손. 숱한 전장에서 살해가 익숙해질 법도 할 텐데 무열은 마치 살아생전 처음 살인을 한 것처럼 몸이 떨렸다.

당연한 일이다. 그 대상이…… 이강호였으니까.

어떻게 미래가 바뀔지 무열은 이제 가늠조차 할 수 없을 정도로 큰 축을 틀어버린 것이다.

자신의 손으로.

'그러기 위해서 마음먹은 게 아닌가.'

"이 씨발!!!!"

이정진의 외침이 들렸지만 마치 저 멀리 메아리처럼 멀게 느껴졌다.

바닥에 쓰러진 이강호에서 사람들로 곡도의 끝을 옮긴다.

남은 적은 못해도 수십 명.

죽음?

당연히 두렵다. 또 경험하고 싶지 않을 정도로.

무열은 힘겹게 고개를 돌리며 이강호의 어깨에 박힌 곡도를 뺐다.

"와라."

누군가는 어리석다고 말할 수도, 누군가는 최악의 선택을 한 것이라 말할 수도 있다.

때로는 고개를 숙이고, 웅크리고, 숨기고, 비굴해 보여도 자신을 감춰야 할 때도 있는 법이라고 생각할지 모른다.

하지만 무열은 그러지 않았다.

그리고 그것이, 평범한 강무열의 강직한 선택이 비범한 천재를 움직이게 만드는 결과가 되었다.

콰아아아아아앙!!!!

안개가 사라진 산채로 갑작스러운 굉음과 함께 화염이 덮쳐들었다.

"으아악!!!"

"뭐, 뭐야?!"

"젠장…… 빨리 불 꺼!!!"

"뭣들 하는 거야!!"

한정된 공간에서 터져 나오는 불꽃에 산채의 사람들은 도망갈 곳을 찾지 못해 우왕좌왕하기 시작했다.

불꽃의 정체는 설명할 필요가 없다.

초열(焦熱).

"제길, 마지막 보옥이었는데. 망했네, 망했어!"

무열을 처음 만난 장소에서 회수했던 마지막 보옥을 사용하면서 최혁수는 한탄을 했다.

마치 이때를 위해서 무열과 만났던 장소에서 다시 회수했던 걸까.

계획, 예측, 준비.

이성과는 전혀 동떨어진 행동들. 지금까지 자신은 그런 적이 없다고 자신했는데 그게 깨지고 말았다.

최혁수는 무열을 바라보며 품 안에 있는 작은 보옥을 들고 불타는 산채 안으로 뛰어들었다.

이해가 가지 않는다. 상식적으로 생각해도 이해가 가지 않는다.

승산이 없는 싸움이다.

그런데…… 어째서일까. 무열을 보고 있자니 자신도 모르게 입술이 씰룩거렸다.

아닌 것을 아니라고 말하고 옳은 것을 옳다고 말할 수 있는 건 용기인가 만용인가.

'그거야 나도 모르지. 훗…….'

까맣게 그을린 최혁수는 우습게도 이런 상황에서 핀잔을 주는 자신의 상황에 웃음이 났다.

"도대체 왜 이렇게 대책 없어요? 냉정한 척은 혼자 다 하더니만!!"

"너……."

자신과는 전혀 다른 유형의 사람.

"당신 때문에 난 퀘스트도 완전 망했다고요!!"

그렇게 말하면서도 최혁수는 마지막 말을 잊지 않았다.

"이렇게 죽을 생각은 아니죠? 그럼 곤란하지. 덕분에 제대로 말아먹은 대가는 받아야 하니까!!"

그리고 소리쳤다.

"빨리!!!"

꽈악.

무열은 화염 속에서 자신을 향한 손을 움켜쥐었다.

20년 뒤.

수백만 대군이 대치하고 있는 전장(戰場)에서 최혁수는 이날을 회상하며 마주 서 있는 무열에게 말한다.

바로 이 순간이 자신이 평생 처음이자 마지막으로 타인에게 손을 내민 단 한 번이었다고.

10장
바뀐 미래

"하아……!! 허억……!!!"

거친 숨소리.

어쩐지 그 전에도 똑같은 상황이 있었던 것 같은 기분.

최혁수는 달리던 숲길에서 걸음을 멈추며 소리쳤다.

"더는 못 달리겠다!!"

땀범벅이 된 채로 털썩 주저앉는 최혁수는 근처에 흐르는
냇가에 얼굴을 처박고서 벌컥벌컥 물을 마셨다.

"푸핫!!"

얼굴을 몇 번이나 다시 물 안으로 집어넣어 열기를 식히고
서야 그는 피식피식 나오던 웃음을 터뜨리고 말았다.

"살았다. 크크크…… 하하하!!!"

"……."

무열 역시 그 옆에 한쪽 무릎을 꿇고서 물을 떠 얼굴을 닦았다.

화끈한 열기가 식어간다.

"죽는 줄 알았네. 진짜. 뭐, 퀘스트는 완전히 실패했지만……덕분에 재밌었으니까."

최혁수는 아무렇지 않은 듯 무열의 어깨를 툭 쳤다.

퀘스트(Quest).

'그랬었군. 산채에 가려고 했던 이유가…….'

불꽃 첨탑에서 전직을 하고 난 뒤 특정 조건을 만족시켰을 때 생성되는 미션.

퀘스트는 대륙을 통틀어서 유일한 것도 있고 때로는 모든 인류에게 동시다발적으로 주어지기도 한다.

지역 역시 예측할 수 없다. 북부에서 얻은 퀘스트가 남부에서 끝이 날 수도 있고 때로는 전역을 아우르는 월드 미션일 때도 있다.

클리어 조건도 까다롭지만 대신 엄청난 보상과 특전이 주어진다. 히든 피스라든지 고대 유물, 상위 등급의 아티팩트, 혹은 타이틀과 같은 칭호까지 유니크 이상의 보상들 말이다.

그리고 그중에서도 가장 대표적인 것.

'검의 구도자(Seeker of the Sword)'.

이강호가 얻은 SSS급 인간계 최강의 무구 역시 다섯 개로 구성된 월드 연계 퀘스트를 통해 만들어진 것이다.

무열은 그를 떠올리자 입맛이 씁쓸함을 느꼈다.

하지만 그것도 잠시, 죽음의 문턱에서 살아 돌아온 자신에게 이제 검의 구도자는 바라만 볼 무구가 아니었다.

"와, 거기서 어떻게 그럴 생각을 했어요? 나라면 쫄려서 못할 거 같은데, 크크. 대단하긴 대단하네요."

최혁수는 산채에서 무열이 그랬던 것처럼 가운뎃손가락을 치켜세우며 피식피식 웃었다.

"……대단?"

하지만 정작 당사자인 무열은 반대였다. 천재에게 대단하다는 소릴 들어서가 아니었다. 냇물로 얼굴을 씻고 흘러내린 머리를 쓸어 넘기면서 최혁수에게 물었다.

"넌 권좌가 뭐라고 생각하지?"

"……네?"

최혁수는 그가 무슨 말을 하는 건지 이해가 가지 않는 눈치였다.

"전쟁. 그건 결코 사냥도 게임도 아니다. 적군과 아군이 뒤엉켜 있는 전장에서 적장의 목을 베기 위해 얼마만큼의 희생이 따르는지 상상할 수 없지."

무열이 눈을 감았다. 전심전력으로 모든 것을 쏟아낸 듯한 표정. 그는 이마를 짚으며 말했다.

"하물며 왕의 목을 베는 것은 그것의 수십, 수백의 희생이 따른다. 기마대를 뚫고 병사들을 넘어 궁수와 마법사들을 지나서 마지막으로 친위대까지 뚫어야 닿을 수 있는 거리."

수천, 수만의 희생자를 낳고도 베지 못할 때가 부지기수.

"그걸 누가 뚫는가."

바로, 자신들.

방패막이가 되고 창이 되어 달려야 하는 존재.

검병2부대 출신인 무열은 누구보다도 적장의 목에 칼이 닿는 그 거리가 끔찍할 만큼 멀다는 걸 뼈저리게 잘 알고 있다.

"그게 전쟁이다."

"……"

최혁수는 아무런 말도 하지 않고 무열을 바라봤다.

그런데 적장이 눈앞에 있다. 그 어떤 방어군도 없이 오롯하게 서로를 마주 볼 수 있을 거리에.

이거야말로 물실호기(勿失好機).

위험하다는 걸 알면서도, 그럼에도 불구하고 하지 않는다면.

'죽은 자들을 볼 면목이 없다.'

그를 살려둔다면 아직 살아 있는 동료들을 두 번 죽이게 될 일.

스무 살 때부터 15년. 세기 힘들 정도로 많은 전장을 경험했고 고작 일반병이었을지언정 수십, 수백…… 아니, 그 이상의 적을 베어왔다.

강하지 않았기 때문에 알고 평범했기에 더 절실하게 경험한 것들.

자신의 말에 최혁수는 살짝 고개를 틀었다. 그 모습에 무열은 그에게서 시선을 뗐다.

'이해될 리가 없겠지.'

최혁수. 미래엔 불세출의 책사이자 천재라고 불리는 현재는 애송이일 뿐. 아직 그는 전쟁을 모른다.

'만약 내가 아니었다면…… 두 사람의 만남이 달라졌을까.'

그가 그런 생각을 하고 있던 찰나.

"고민하는 이유를 모르겠는데요?"

최혁수는 무열의 말에 뒤통수에 두 팔을 겹치고서 벌러덩 드러누우면서 말했다.

"……뭐?"

생각지도 못한 그의 반응에 이번엔 무열이 조금 놀란 듯 그를 바라봤다.

"행동에 옮긴 건 마음을 먹었다는 거. 신이 우릴 이 거지 같은 곳에 징집한 탓에 인류의 삶은 완전히 바뀌었지만, 그렇다고 세상 혼자 짊어진 것 같은 표정으로 살 필요는 없을 것 같은데."

최혁수는 무열을 향해 말했다.

"그쪽, 그러고 보니 이름도 모르네. 아직 랭크 업도 안 했죠? 그런 주제에 삶이니 전쟁이니 이런 얘기를 꺼내는 게 우습지 않아요?"

눈앞에서 살인을 봤지만 그는 눈 하나 깜빡하지 않고 오히려 태연했다.

"세상을 짊어질 무게를 어깨에 올리려면 적어도 그 정도 위치는 되어야지."

최혁수는 무열이 죽인 사람이 훗날 어떤 존재가 될지 가늠하지 못할 것이다. 그렇기 때문에 이런 이야기를 할 수 있는 것일지 모르지만 무열은 마치 한 방 먹은 기분이었다.

'그래, 잠시 잊고 있었다.'

3거점의 강찬석을 구하고 난 뒤에 나선 여행의 가장 큰 목적. 이강호라는 거물의 숨겨진 과거의 충격으로 잠시 망각한 사실.

'강해지겠다고 마음먹었는데.'

무열은 최혁수의 일침에 낮게 웃었다.

"훗……."

이런 상황에서 이렇게 말을 할 수 있는 사람.

범재라면 절대로 생각할 수 없는 일.

그게 자신과 최혁수의 차이인 걸까.

'주머니 속 송곳은 결국 튀어나오게 마련이지.'

확실히 자신과는 다르다. 이강호를 죽인 뒤부터 아직까지 떨림이 멈추지 않는 자신과는 분명히.

"그래서 그쪽을 인정하게 된 거고."

그때였다. 최혁수의 말에 무열이 살짝 놀란 듯 고개를 돌렸다.

"내가 인정했다고요. 당신이 대단하다는 거."

"……뭐?"

생각지도 못한 말.

"무모하게 보이는데 이상하게 자꾸 눈길이 가거든. 뭔가를 하려는 발버둥이 쫓기는 사람 같으면서도 달라. 그래서 내가 더 보고 싶어졌어요. 당신이 뭘 할지."

그는 살짝 어깨를 들썩였다.

"그래서 구한 겁니다. 뭐, 물론 앞으로도 이렇게 무모하다면 어디서 칼 맞고 죽을지도 모르지만."

천재에게 인정받다.

"고작 E랭커 주제에 D랭커를 이겨 버렸는걸. 이곳을 겪어 본 사람들이라면 절대 불가능하다고 여긴 법칙을. 당신이 깨 버렸죠. 그런 당신이 S랭커가 된다면? 혹은 그 이상이 된다면……."

최혁수가 무열의 가슴을 주먹으로 가볍게 툭 쳤다.

"재밌을 것 같은데, 난."

평범한 자신이.

"물론, 우리가 함께하는 건 여기까지겠지만."

무열은 고개를 들었다.

바보 같았다. 그래, 자신의 수준은 아직 E랭커였을 뿐이다.

"지친 상태로 녀석들하고 다시 싸우는 건 위험해요. 추격을 따돌리는 게 쉽지 않을 거지만, 그렇다고 방법이 아예 없는 건 아니에요."

최혁수는 그 짧은 사이에 계획을 세웠다.

이곳에서 가장 안전한 곳, 혹은 가장 위험한 곳.

"저곳."

그가 손을 올려 앞을 가리켰다.

"불꽃 첨탑."

기다렸다는 듯 모습을 드러내는 화염에 휩싸여 있는 탑.

"어차피 가야 할 곳이기도 하지만 당신 정도가 저곳에서 죽을 거라곤 생각하지 않으니까. 가장 안전한 곳이겠지."

그를 만나고 그와 함께 첨탑으로 향하게 된 건 우연인가 아니면 운명인가.

무열의 어깨 위에 손을 얹은 그가 턱을 살짝 틀어 올리며 장난스럽게 말했다.

"홋, 나한테 빚을 졌다는 거 잊지 마요. 언젠가 또 만나죠."

"최혁수."

"네?"

뒤돌아선 그가 무열의 말에 고개를 돌렸다.

"혹시 첨탑에서 얻은 퀘스트가 뇌격(雷擊)의 진법과 관련된 것이라면……."

그 순간, 최혁수의 눈썹이 꿈틀 움직였다.

무열이 최혁수가 가려는 반대 방향을 가리키며 말했다.

"이곳에서 보름 정도 동쪽으로 가면 D급 푸른 바위 갱도가 있다. 아마……. 확실하지 않아도 어쩌면 거기서 단서를 찾을 수 있을지도 모르겠군."

D급 던전이자 뇌(雷)속성을 가진 바위들로 만들어진 갱도. 환술부대의 병사들이 부대 단위로 그곳을 클리어하던 것을 떠올렸다.

최혁수는 그의 말에 졌다는 듯 고개를 좌우로 저으면서 피식 웃었다.

"이거야, 원. 멋들어지게 퇴장하려고 했는데, 이러면 꼭 내가 도움을 받은 것 같잖아요. 큭, 손해 보는 느낌인걸."

"그곳에 트라멜이란 도시가 있다."

아무렇지 않게 지나가는 듯 무열이 말했다. 그 역시 최혁수와 마찬가지로 첨탑을 향해 걸음을 떼고 있었다. 잠시 멈칫하던 최혁수는 뒤를 돌아보지도 않은 채 걷는 무열을 바라보며 피식 웃었다.

굳이 설명하지 않아도 그게 무슨 뜻인지 안다.

오래된 동료처럼 돌아서며 손을 머리 위로 가볍게 든 그가 말했다.

"트라멜에서."

무열 역시 그제야 고개를 끄덕였다.

"그래."

불꽃이 솟구치는 첨탑을 바라보며 들리지 않을 낮은 목소리로 말했다.

"트라멜에서."

저벅저벅.

스윽.

혼자서 숲을 걷던 최혁수는 순간 걸음을 멈추었다. 그리고 무열이 있었던 곳을 바라봤다.

"……."

잠시 굳은 얼굴로 머뭇거리는 그의 표정이 뭔가를 말하려다가 멈추었다.

잊고 있던 것이 생각난 것처럼.

"내가……."

살짝 가늘게 떠지는 눈.

"언제 이름을 얘기했던가……?"

타닥…… 타닥…….

불이 꺼지고 잿더미만 남은 산채 안엔 무거운 공기가 감돌고 있었다.

그곳에 단 한 명.

"......."

이정진이 이강호의 시체를 바라보며 고개를 떨구고 있었다.

꿈틀.

이강호를 가만히 바라보던 그의 입술이 기묘하게 움직였다.

웃음.

놀랍게도 시체를 보는 이정진의 입꼬리가 올라갔다.

깊게 파인 이강호의 어깨 사이로 희미한 황금색 빛이 흘러나오고 있었다.

나지막한 목소리로 그가 말했다.

"뭐, 이건 내가 잘 쓰겠소. 형님."

이제 남은 5개월. 대륙은 이미 변화하기 시작했다.

카스테욘숲 가장자리에 있는 불꽃 첨탑.

숲 안에서 붉은 화염을 뿜어내고 있는 그곳은 위험천만해 보이지만 마법적인 힘에 의해 화염이 숲을 뒤덮진 않았다.

낮에는 붉은 화염이, 밤에는 푸른 화염이 첨탑의 끝에서부터 바닥까지 휘몰아친다.

쫘악.

무열은 붕대의 끝을 입으로 잡아당기며 어깨에 난 상처에 붕대를 감았다.

"큭……."

신음이 절로 터져 나왔다.

고통으로 일그러지는 무열의 얼굴. 이강호와의 접전에서 생긴 상처는 붕대만으로 쉽사리 나을 만큼 가벼운 게 아니었다. 간신히 지혈은 했지만 그것도 무열의 붕대법의 숙련도가 높기 때문에 가능한 일이었다.

'열사의 소검이 확실히 엄청난 아이템이군…….'

열사(熱砂)의 소검.

위로 올라가는 불꽃 첨탑과는 반대로 남부 경기장 랭크 업 던전 마지막 최하층 보스인 열화검사를 사냥하고 획득할 수 있는 무구.

다른 것보다 화(火)속성을 가진 소검은 그 자체의 날의 위력도 있지만 그것 이외에도 D급 속성 마력을 띤 마법 무구였다. 검상 부위가 뜨겁게 타들어 가며 대미지를 주기 때문에 물리 +마력 대미지를 동시에 입힌다. 힐(Heal)을 쓸 수 있는 마법사나 성직자 계열의 직업이 없는 지금 마력 대미지는 강력한 힘이 아닐 수 없었다.

'회복하는 데 시간이 오래 걸리겠어. 산채에 이정진을 두고 온 게 마음에 걸리지만 일단은 최혁수의 말대로 첨탑에서 회복하며 클리어하는 게 우선이다.'

애초의 목적이었던 살인자 집단의 우두머리인 이정진이 아직 그대로 살아 있다. 그러나 이 상태로는 수십 명에 달하는 녀석의 무리를 모두 상대할 수 없다. 하지만 무열은 언젠가 다시 그를 찾게 될 것을 알았다.

'그래도 다행이야. 퍼스트 킬러를 달성하면서 얻었던 마력 내성이 없었다면 아마 제대로 싸우지도 못했겠지.'

정말 종이 한 장 차이의 승부.

무열은 그때의 기억을 떨쳐 내려는 듯 고개를 저었다.

"……."

무열은 고개를 들어도 끝이 보이지 않는 첨탑을 바라봤다.

'첨탑에 들어갔던 게 언제였지.'

이강호의 군세에 합류하고 훈련소에서 수습 검병이 된 이후 병사들은 각자의 병과대로 부대 단위로 첨탑에 입장해서 직업을 선택한다.

두말할 것도 없이 무열은 상관의 명령에 따라 검사 클래스를 선택했다. 얻는 방법은 그다지 어렵지 않았다. 불꽃 첨탑에서 검사 클래스는 가장 아래층인 1층에서 얻을 수 있기 때문이다.

'검사, 궁수, 창병, 권사.'

1층은 단순하고 기초적인 직업군을 선택할 수 있고 클리어 난이도도 어렵지 않다. 하지만 직업을 얻을 수 있는 층은 거기가 끝이 아니다.

첨탑의 높이는 모두 5층. 즉, 불꽃 첨탑의 층을 오를수록 획득하기 어려운 직업들을 얻을 수 있다는 뜻이다.

'1차 직업을 선택하는 것이 가장 중요하다. 2차와 3차 직업은 정말 예외적인 것 빼곤 거의 1차 직업 카테고리 안에 있는 것들만을 선택할 수 있으니까.'

1층이 기본 직업을 얻을 수 있다면 최상층인 불꽃 첨탑의 꼭대기는 완전히 범주가 다르다.

바로, 유니크 클래스(Unique Class).

얻기 힘들지만 얻게 된다면 다른 어떤 직업보다 초반부터 강한 힘을 가지게 되는 직업.

염신위가 얻었던 네크로맨서(Necromancer).

번개군주 안톤 일리야의 워록(Warlock).

통솔력이라는 히든 스테이터스를 획득할 수 있는 휀 레이놀즈의 하이랜더(Highlander).

남부 경기장을 클리어한 이강호를 제외한 인간군 4강 중 3명이 바로 불꽃 첨탑의 마지막 층에서 직업을 얻었다.

'하나같이 평범하지 않은 직업들이지. 그들의 실력이 뛰어난 것도 있지만 그 클래스의 힘 역시 무시할 수 없다.'

무열은 첨탑 아래 게이트 옆에 세워진 비석을 바라봤다.

"화염 비석."

북부 불꽃 첨탑을 클리어하고 1차 직업을 얻은 사람들의 이름이 각인되어 있는 거대한 돌.

물론 모두가 이곳에 이름을 남길 수 있는 것은 아니다. 가장 빠르게 첨탑을 클리어한 상위 5명의 이름만이 이곳에 새겨진다.

'남부 경기장에도 이런 비석이 있다. 대륙에 이와 같은 비석은 모두 여섯 개.'

북부와 남부에 존재하는 6개의 랭크 업 던전. 그 수에 맞춰 비석 역시 동일한 숫자로 던전 앞에 세워져 있다.

비석에 자신의 이름을 남기는 것. 그건 단순한 명예만이 아니다. 주어지는 특전이 있었다. 히든 이터(Hidden Eater) 카토 유우나는 여섯 개의 비석 중 무려 3개에 자신의 이름을 올리며 비석의 숨겨진 비밀을 밝혀냈다.

1. 일정 주기를 거쳐 유지되는 상위 랭커 명단에 있는 사람들에겐 특전이 주어진다.
2. 랭커가 존재하지 않게 되면 비석에 이름은 지워진다.
3. 특전을 포기하면 비석에 이름을 새기지 않을 수 있다.
4. 직업을 얻지 않더라도 기록을 세우면 비석에 이름을 새길 수 있다.
5. 자신의 랭크가 던전의 난이도보다 높을 시 입장할 수 없다.
6. 일정 주기 동안 자신의 이름을 여섯 개의 비석에 더 많이 새길수록 새로운 특전이 생성된다.

분명 매력적인 혜택이다.

화르륵.

비석에 손을 가져가자 불꽃이 일었다. 열기가 느껴졌지만 무열은 손바닥을 비석에서 떼지 않았다.

기묘한 문양이 노란색을 띠며 빛났다. 그와 동시에 나타나는 이름들.

비석에 이름을 올려 수혜를 받는 만큼 반대로 위험부담이 큰 일이기도 했다.

대륙에 능력이 있는 자들의 이름. 그건 반대로 생각하면 권좌에 오르기 위해서 방해가 된다면 가장 먼저 제거를 해야 할 존재들의 이름이기도 하니까.

다시 말해 대륙에 있는 여섯 개의 비석은 마치 곳곳에 세워진 살생부라고 해도 과언이 아니다.

"으흠……."

예상대로였다. 비석에 익숙한 이름들이 적혀 있다.

인간군 4강 중 3명인 염신위와 휀 레이놀즈, 그리고 안톤 일리야의 이름이 나란히 보였다.

"역시…… 이미 다녀갔군."

무열의 기억대로 그들은 최상층의 직업을 얻었을 것이다.

한발 먼저 나간 선구자들. 이제 이강호를 제외하고 남은 세 명.

그러나 무열의 눈은 그 세 명의 이름에 멈춰 있는 게 아니었다. 놀랍게도 그들의 이름 위에 또 하나의 이름이 있었기 때문이다.

"박종혁."

'이런 이름이 있었던가……?'

기억에 없다. 무열은 인간군 4강 이외에도 그 산하에 군단을 지휘하던 SS랭크 이상의 장군은 모두 기억하고 있었다. 불꽃 첨탑에서 4강들의 기록보다 더 빨리 첨탑을 클리어한 사람.

능력을 의심할 필욘 없다. 이 비석이 그 증거다. 하지만 이런 자가 역사에 이름은커녕 그 존재 자체도 아무도 모르고 사라졌다.

'이렇게 죽어간 뛰어난 능력자들도 분명 셀 수 없을 만큼 많겠지.'

미래에 이름을 날렸던 랭커들은 살아남았기 때문에 가능한 것이었다. 재야에 숨어 있는 인재들이나 미처 피어보지도 못하고 진 꽃처럼 사라진 천재들까지.

미래가 바뀌었듯, 그들 역시 자신으로 인해 바뀔 수 있다는 걸 무열은 생각했다.

'기억해 둬야겠군.'

"후우."

무열은 비석에서 손을 뗐다.

카토 유우나가 말했던 랭크 업 던전에 있는 비석의 4번째 비밀.

'원래대로라면 스킬 창조로 얻은 능력으로 4강들과 마찬가지로 최상층까지 공략해서 유니크 클래스를 얻는 것이었다.'

적어도 그들과 경쟁하기 위해서 같은 선상에서 시작하기 위함이었다.

하지만 상황이 바뀌었다.

바로, 이강호. 그가 죽었다.

무열은 이번에 그를 상대하면서 깨달은 게 있다.

'남부 경기장에 있는 비석에 새겨진 그의 이름이 사라졌다.'

같은 선상에서 시작한다면 그들을 쉽게 누를 수 없다. 힘이 필요하다. 압도적으로 그들을 누를 수 있는 힘.

그러기 위해서 필요한 것. 아직 비석의 비밀이 밝혀지기 전이라는 것을 떠올린 무열은 불꽃 첨탑에 발을 들여놓으면서 생각했다.

'계획이 바뀌었다.'

카토 유우나조차 비석의 비밀은 2차 직업을 얻고 알아냈다.

현시점에서 아무도 하지 않고, 아무도 생각하지 못한 것.

불꽃 첨탑과 경기장. 최초로 랭크 업 던전 두 곳 모두에.

'내 이름을 올린다.'

"크아아악!!"

"사, 살려줘……!!!"

"피해!!!"

불꽃 첨탑 안에 들어온 직후부터 비명이 끊이지 않고 들렸다. 1층보단 2층에서, 2층보단 더 위에서 처절한 비명이 들렸다.

우드득.

"크…… 크르륵……. 큭!!"

무열은 마지막 고블린의 목을 발로 밟아 부러뜨렸다. 그러자 단순히 벽이었던 앞쪽에서 커다란 문이 생성되었다.

그와 동시에 무열이 건드리지도 않았는데 갑자기 문이 열렸다.

쿵……!!!

문에서 누군가 튀어나왔다. 아니, 기어 나왔다고 해야 맞을 것이다.

온몸에 화염을 뒤집어쓴 남자는 열기에 피부가 늘어져 녹아내리고 있었다. 남자가 좀비처럼 비틀거리며 힘겹게 무열을 향해 다가왔다.

"으어…… 어어어……."

몬스터가 아니다. 사람…… 이라고 부를 수 있긴 할까.

남자는 치즈처럼 녹아 늘어지는 몸으로 기다시피 출구를 향해 움직였다.

몇 발자국이나 갔을까.

치이이이……

끝내 출구까지 가지 못하고 숨을 거두고 말았다.

새카맣게 변해 버린 시체.

무열은 자신의 어깨에 난 상처를 다시 붕대로 감으면서 그를 바라봤다.

불꽃 첨탑이 유명한 이유는 사실 최상층 때문이 아니다.

'어차피 거긴 소수만이 가 본 곳. 구태여 그들이 소문을 내거나 정보를 알려줄 이유도 없지.'

다음 층 때문이다.

2층. 플레임 서펀트의 둥지.

하지만 사람들은 이곳을 다른 이름으로 불렀다. '학살(虐殺)의 층'이라고.

첨탑의 1층은 독립된 공간처럼 입장한 사람 혼자서 그 안에 있는 고블린을 죽여야 하지만 2층은 1층에서 올라온 사람들과 만나게 된다.

2층 방의 정원은 열 명. 인원이 많기 때문에 공략이 쉬울 거라고 생각하지만 오히려 그 반대다.

인원이 많다는 건 상대해야 할 적의 난이도가 더 높다는 걸 말하는 것이니까.

'플레임 서펀트가 내뿜는 불꽃은 인간의 몸으로 감당할 수 있는 것이 아니다.'

공략법은 둘. 압도적인 힘으로 공격해 녀석이 불을 뿜기 전에 뭉개 버리든지 아니면 닿지 않을 정도로 빠르게 사냥을 해야 한다. 이도 저도 아닌 능력으로 도전했다가는 저렇게 불타 죽기 십상이다.

하지만 많은 사람이 2층에 도전했고 첨탑은 많은 시체를 먹어 치웠다. 1층이 너무나 쉬웠기 때문이었다.

이 정도면 도전해 볼 만한데……?

일말의 기대감.

그저 세워져 있는 첨탑에 불과한데 야비할 정도로 사람의 마음을 꿰뚫는다.

'이제 막 시작한 사람들로선 알 수가 없다.'

2층부터 난이도가 완전히 달라진다는 것을.

시간이 제법 흐르고 3층을 공략해서 바이킹(Viking) 직업을 얻은 쿠샨 사지드에 의해서 그 위험성이 밝혀지기까지 수천 명이 첨탑의 먹이가 되었다.

'미소의 쿠샨. 첨탑을 공략한 시기는 뒤처졌지만 나름 A랭크까지 올랐고 성격도 호탕했지.'

무열은 기억을 더듬었다.

'그가 만든 42거점도 제법 규모가 있었고 권세까지 노릴 만하다고 했었지만…….'

그 착함이 오히려 독이 되었다.

'가장 믿었던 부하가 등에 칼을 꽂을 줄은 몰랐겠지.'

강찬석과 비슷하면서도 완전히 다른 죽음을 맞이한 그를

떠올리며 녹아버린 시체를 넘었다.

'1층은 독립된 공간인 줄 알았는데 도망치는 동시에 클리어가 되어서 문이 연결된 건가. 운이 좋았다고 해야 할지 나빴다고 해야 할지 모르겠군.'

일말의 기대를 갖고 2층에 올랐던 것처럼 문이 열리자 살수 있다는 지푸라기 같은 희망을 가졌을지도 모른다.

'아주 잠깐이지만.'

참으로 잔인한 광경이 아닐 수 없다.

[1층 공략 성공!]

[D랭크로 승급 가능합니다.]

[검사, 궁수, 창병, 권사 중 한 가지 직업을 선택할 수 있습니다.]

[선택 후엔 자동으로 첨탑 외부로 이동됩니다.]

[2층에 도전할 수 있습니다.]

고블린들의 사체들 위로 빛의 폭죽이 터지는 것처럼 번쩍이며 무열의 앞에 나타난 메시지창.

마치 귀찮은 커튼을 젖히는 것처럼 무열은 자신의 앞에 나타난 창들을 손으로 읽을 생각도 없이 쳐 내버렸다.

'1위였던 박종혁의 기록은 3일.'

무열은 걷는 시간조차 아끼려는 듯 까마득하게 나선으로 올라가 있는 첨탑의 계단을 달리기 시작했다.

'누구도 도전할 엄두를 내지 못하게.'

탁, 타탁.

'하루 만에 첨탑을 클리어한다.'

"으아악······!!!"

비명이 가까워진다.

플레임 서펀트의 층. 벌써부터 열기가 느껴지는 것 같은 느낌. 하지만 무열은 망설임 없이 2층의 문을 열었다.

[카아아아!!!]

거친 괴물의 포효 소리와 동시에.

화르르르륵———!!!!!

열린 문 앞에 뜨거운 불길이 소용돌이치며 뿜어져 나왔다.

용과 이무기의 중간 정도. 거대한 뿔이 양쪽에 자라나 있고 머리에서부터 꼬리까지 날카로운 갈기가 솟아나 있는 서펀트는 상공에서 마치 헤엄을 치고 있는 것처럼 똬리를 틀다 풀었다를 반복하며 떠 있었다.

우드득.

와작.

거대한 서펀트가 공중에서 어기적거리며 뭔가를 씹어 먹고 있었다.

"아······ 아악!!! 으아아아아아!!!!"

끔찍하게도 하반신이 완전히 먹혀 버린 남자는 아직 숨이 끊어지지 않은 채 비명을 지르고 있었다.

"무…… 문이 열렸어!!"

"아아악!!!

"도망가자!!"

정원은 열 명.

이곳은 도전자가 도착하면 문이 열린다. 즉, 먼저 온 선발대가 사냥을 하고 있더라도 공석이 생기면 후발 주자도 합류할 수 있다. 운에 따라서 누군가에겐 불합리한 조건일 수도, 누군가에겐 너무나 쉽게 다음 층을 오를 수도 있는 일이었다.

하지만 이곳을 경험한 사람들은 절대로 그렇게 생각하지 않는다.

'2층에선 클래스를 얻을 수 없다.'

운이 좋아 어부지리로 올라간다 한들 결국 3층에서 죽을 뿐이다. 2층을 경험하고 겨우겨우 살아남은 사람들은 3층을 공략할 엄두를 내지 못한다. 결국 간신히 목숨을 구한 것에 감사하며 1층의 직업을 다시 얻을 뿐이다.

'잔인하지, 정말.'

그렇기 때문에 플레임 서펀트의 층은 언제나 문이 열린다.

학살의 층이란 이름이 괜히 붙은 게 아니다. 지금껏 단 한 번도 정원이 가득 찬 채로 유지된 적이 없었으니까.

무열은 주위를 살폈다. 플레임 서펀트가 씹어 먹는 시체 한 구를 제외하고 방에 있던 사람은 4명. 하지만 문이 열리자마자 세 사람이 도망치고 남은 건 구석에 있는 한 명뿐이었다.

"으…… 으으……!!!"

기괴한 방향으로 발목이 비틀려 있었다. 도망치고 싶어도 그러지 못하는 상황.

남자는 무열을 보고도 공포에 휩쓸린 채 부들부들 떨기만 할 뿐 움직이지 못했다.

"…….''

플레임 서펀트에게 잡힌 남자는 구하기엔 이미 늦었다. 2차 직업인 클레릭으로 전직 한 사제라도 있지 않은 이상 몸의 반이 잘려 버린 사람을 살리는 방법은 지금에선 없으니까.

무열은 고민하지 않고 주저앉아 있던 남자의 뒷덜미를 움켜쥐었다.

"죽기 싫으면 지금 당장 내려가."

"컥……."

그러고는 있는 힘껏 잡아당기자 남자의 몸이 주르륵 밀려 나며 문 앞까지 굴렀다.

"가, 가…… 감사…… 합…….''

공포에 떨려 턱이 제멋대로 움직여 제대로 말이 나오지 않았다.

"첨탑을 나가면 당신이 겪은 걸 사람들에게 알려."

무열은 뒤도 돌아보지 않고 그의 말을 끊었다.

"실력이 없으면 발을 들여놓을 생각하지 말라고."

그가 해줄 수 있는 유일한 충고였다.

"가…… 감사……."

그러자 남자는 대답 대신 몇 번이나 고개를 끄덕이면서 계단을 기어 내려가기 시작했다.

[크륵……?]

플레임 서펀트는 자신을 앞에 두고도 아무렇지 않은 무열이 오히려 신기한 듯 고개를 갸웃거렸다.

와드득.

그러고는 남아 있던 남자를 완전히 씹어버린다. 층을 울리던 비명이 사라졌다.

녀석은 층을 한 바퀴 공중에서 선회하면서 무열의 주위를 돌았다. 남은 건 둘뿐.

"원래라면 정석대로 잡아야겠지만……."

무열이 어지럽게 날아다니는 서펀트를 바라보며 입고 있던 갑옷의 가슴 부위를 잡아당겼다.

촤르륵……!!

그러자 마치 얼음처럼 차갑게 번뜩이는 퍼들 서펀트의 비늘들이 그의 손에 잡힌 채로 떨어졌다.

"내가 지금 시간이 없거든."

쫘드드득.

손을 움켜쥐자 비늘들이 부서지며 마치 눈가루처럼 부서졌다. 그다음 무열이 손으로 곡도를 쓰윽 문지르며 부서진 비늘

가루들을 검날에 발랐다. 검푸른 빛으로 변하는 날.

수많은 사람을 잡아먹은 학살의 층이었지만 그런 건 안중에도 없는 듯 무열은 이미 그다음 층을 생각하고 있었다.

"덤벼."

퍼들 서펀트.

서펀트계 몬스터 중 하나로 화(火)속성의 플레임 서펀트와는 완전히 다른 개체인 녀석의 속성은 이름 그대로 수(水).

무열이 자신의 곡도에 비늘을 바르자 순간적으로 검날의 온도가 내려갔다.

퍼스트 킬 업적을 통해서 얻은 물리/마력 내성과 함께 퍼들 서펀트의 비늘을 획득한 순간, 이미 무열의 머릿속엔 첨탑 2층의 공략법이 완성되었다.

반대 속성으로 공격을 하면 대미지를 더 줄 수 있는 것은 당연한 상식이지만 그것을 무기에 적용하는 것은 생각보다 쉽지 않다. 단순히 검에 물을 바른다고 수속성 무기가 만들어지는 게 아니기 때문이다.

1년 뒤, 2차 전직으로 연금술사를 획득한 SS랭크였던 파비오 그로소에 의해서 인챈팅 스킬(Enchanting Skill)이 발견된 이후에서야 속성 무기가 제대로 만들어졌으니 말이다.

'일일이 병사들에게 속성 무기를 줄 수 없기 때문에 만들어진 임시방편이지.'

서펀트의 비늘은 갑옷으로 사용할 수도 있지만 비늘 자체의 접착성 때문에 일시적이지만 검날에 바를 수 있다.

물론, 그 종류는 한정되어 있다. 물질계의 괴수형 몬스터인 퍼들 서펀트와 달리 플레임 서펀트는 정령계이기 때문에 비늘을 얻을 수 없다. 그래서 용족 중 하나인 열화족의 비늘을 사용한다.

[서펀트의 비늘의 새로운 사용법을 발견했습니다.]
[몬스터 지식(Monster Lore)이 상승합니다.]
[몬스터 지식(Monster Lore) 획득!!]
[몬스터와 관련된 세공 및 무두질의 스킬 숙련도가 상승합니다.]
[숙련도가 높은 몬스터에 한해 테이밍 스킬(Taming Skill)을 발견할 수 있습니다.]
[세공 스킬이 없습니다.]
[숙련도 상승 미적용]
[무두질 스킬이 없습니다.]
[숙련도 상승 미적용]
[미획득한 스킬의 숙련도는 스킬 획득 시 추가 적용됩니다.]

'흐음…… 이런 것도 있었군.'

무열은 뜻밖의 메시지창을 바라보면서 생각했다. 그가 훈련소에서 재료를 받아 사용법을 익혔을 때는 이미 보편화되어 있던 것이었기 때문에 메시지창이 없었던 것이리라.

'무두와 세공도 그렇지만…… 테이밍 스킬이라. 지식 계열 스킬 중에 가장 익히기 어려운 것 중에 하나인데…….'

무열은 가죽 세공 스킬을 보유한 생산직 유저들 중에 테이머가 많은 이유를 알 수 있었다. 자신의 부족한 전투력을 길들인 몬스터로 보완하는 그들은 생각보다 높은 전투력을 가진다.

'그래서 시도된 게 맹수부대였지만…….'

맹수1부대. 테이머들만으로 만들어진 특수부대.

취지는 좋았지만 생산직 스킬을 가진 사람들이 왜 전투가 아닌 생산직을 배웠느냐에 대한 근본적인 생각을 못 했다.

죽음이 두렵다. 죽고 싶지 않다. 그렇기에 전투에 나가고 싶지 않다.

당연한 것을 잊고 말았던 오판.

그렇다고 전투원들이 전투 스킬도 아닌 테이밍 스킬을 뒤늦게 배우는 것도 비효율적인 일이었다.

결국은 창단되다 실패로 끝난 비운의 부대였다.

그 후 거점 상점이 생기고 마석을 통해 습득할 수 있는 라이딩 스킬(Riding Skill)을 익힌 병사들을 모아 비검(飛劍)부대가 창설되었다.

'이렇게 되면…… 생산 스킬을 배우지 않아도 어쩌면 테이밍 스킬을 익힐 수 있을지도 모르겠는데.'

전투에 사용되는 지식 중 몬스터를 재료로 해서 만들어지는 것이 많았다. 물론, 훈련소에서 배웠을 땐 이미 그전에 다른 사람들이 만들어 놓은 것을 익혔던 것이지만 자신이 알고 있는 것 중에는 최초로 익히면 지금처럼 새로운 효과들이 있을지 모른다.

'그럼 말이 달라지지.'

라이딩(Riding)과 테이밍(Taming). 두 개를 익힌다면 하나가 아닌 동시에 둘 이상의 몬스터를 부릴 수 있을지 모른다.

그 누구도 하지 못했던 일. 상상만 해도 설레는 일이 아닐 수 없다.

[크아아아아!!!!]

그때였다. 플레임 서펀트는 자신을 두고 한눈을 파는 무열에게 화가 난 듯 그를 향해 달려들었다. 기껏해야 몇 초 동안의 생각이었지만 그 찰나의 시간도 녀석은 허용할 생각이 없었다.

콰아아앙……!!!

플레임 서펀트가 지나간 자리에 뜨거운 불길이 화르륵 솟구쳤다. 불규칙하게 보이는 녀석의 행동 패턴에도 불구하고 무열은 아슬아슬하게 피했다.

"넌 확실히 강한 몬스터지만……."

조금 전에도 그랬다. 부상자를 구출하는 과정에서 무열은 플레임 서펀트가 눈앞에 있어도 아랑곳하지 않았다. 수많은 사람을 잡아먹은 학살의 층임에도 불구하고 무열은 두렵지 않은 표정이었다.

"15년 뒤엔 이미 공략법이 나온 몬스터다."

물속을 헤엄치는 것처럼 공중에서 유연하게 선회를 하는 플레임 서펀트가 무열이 하는 말을 알아들을 리가 없다.

날카로운 이빨을 드러낸 녀석은 자신의 공격이 무위로 돌아가자 크게 벽을 긁듯 회전하며 다시 제자리로 돌아왔다.

"바로 그거."

탁.

무열이 가볍게 지면을 박차고 뛰어올랐다.

탁!! 타탁……!!!

벽의 기둥을 밟고 다시 한번 방향을 틀자 플레임 서펀트가 무열을 쫓기 위해 날아들었다.

지붕을 밟고 다시 아래로 내려오며 지면을 박찬 뒤에 마지막으로 벽을 찍자.

콰아앙!!!

플레임 서펀트가 무열의 속도를 따라잡지 못한 채 그대로 벽에 처박히고 만다.

치명적인 약점.

뱀처럼 긴 몸뚱이는 빠른 속도를 지녔지만 그 속도에 속으면 안 된다. 녀석은 마치 전투기처럼 직선 주행엔 강해도 급격한 방향을 트는 것엔 약하다.

타앗.

서펀트의 머리 위로 그림자가 드리워졌다.

"닿지 않아."

녀석의 공격을 피하면서 공중으로 솟구쳐 오른 무열이 곡도를 아래로 향하며 내려찍었다.

우우웅…….

어두운 방 안. 여기저기 신기한 도구가 가득했고 벽면에는 커다란 유리관 안의 마수들이 당장에라도 깨어날 것같이 담겨 있었다. 유리관 안뿐만 아니라 여기저기 박제가 되어 있는 몬스터들은 신기하게도 살아 있는 것처럼 눈동자만큼은 파르르 움직이고 있었다.

"허…… 이것 보게?"

화려한 문양이 새겨져 있는 의자에 앉아 낡은 수정구를 바라보며 한 남자가 흥미롭다는 듯 웃었다.

자글자글한 수염과 깊은 주름, 굽은 등은 노인에 가깝다고 봐야 할 것이다.

콰아앙……!!

수정구 안에서 들리는 굉음. 그는 그 모습을 보며 낮은 목소리로 중얼거렸다.

"이것 참······. 퍼들 서펀트의 비늘? 클클······. 이런 식으로 올라오는 녀석은 처음인데."

가래가 낀 목소리로 헛기침을 하며 고개를 저었다.

"재밌긴 하지만 이대로는 내 첨탑의 명성에 금이 가겠어."

그는 마치 자존심이 상한 것처럼 기분이 나쁜 표정으로 수정구 위에 손을 얹었다.

"조금······ 난이도를 올려볼까."

수정구에서 흘러나오는 빛이 다섯 손가락 끝에 모이자 허공에 빛으로 된 지도가 만들어졌다.

"흐음······."

입체로 된 지도는 두 개의 층을 보여주고 있었다.

다름 아닌 첨탑의 3층과 4층.

딱.

손가락을 튕기자 두 개의 층이 마치 톱니바퀴가 맞물리듯 회전하더니 하나로 합쳐졌다.

"어디 보자······ 거기에 맞춰 마수를 바꿔야겠지."

그는 오랜만에 흥밋거리를 찾은 양 괴물들이 담긴 유리관을 바라보았다.

[첨탑의 층이 변형됩니다.]

붉은색 경고 메시지와 함께 쿠르르르······ 하는 소리가 들리기 시작했다.

"걸맞은 녀석으로 골라줘야지."

유리관을 쓸어 만지며 그는 입맛을 다셨다.

"가장 아끼는 녀석으로."

불꽃 첨탑의 주인.

마지막 5층에 살고 있는 마도사, 칸트나 마고우.

씨익 웃는 그의 입술 뒤로 뒤틀려 있는 이가 기묘하게 보였다.

11장
첨탑 공략

치이이이익……!!

급격히 수증기가 솟구치며 방 안을 가득 채웠다. 안개가 낀 것 같은 상황 속에서 비늘이 갈리는 소리가 들린다.

빙그르르 회전하며 플레임 서펀트의 몸뚱이를 무열이 베어 냈다.

비연검 1식.

뜨거운 열기가 뺨을 스치고 지나가지만 무열은 아랑곳하지 않고 지그재그로 더욱 검을 날려 괴수의 몸에 박아 넣었다.

[크르르라라라−!!!]

플레임 서펀트는 무열의 공격이 닿을 때마다 검날에 발린 퍼들 서펀트의 비늘이 뿜어내는 냉기에 괴로운 듯 목젖의 울림까지 보일 정도로 비명을 질렀다.

스아아악!!

플레임 서펀트가 위로 솟구쳐 올랐다.

온몸이 시뻘겋게 변하면서 비늘들이 날처럼 솟아올랐다.

츠으으으……

콰강……!!

사방으로 내뿜는 불꽃.

플레임 서펀트의 머리 양쪽에 달린 아가미 같은 비늘이 벌어지면서 녀석을 중심으로 커다란 화염의 고리가 만들어졌다.

타다닥……!!

불규칙해 보이는 녀석의 움직임이었으나 무열은 예측했다는 듯 화염 고리가 만들어지는 순간, 검을 거두며 녀석의 배 아래로 파고들었다.

팟-!!!

화염의 고리가 2층 전역을 강타했다. 그것은 수많은 사람을 잡아먹은 학살의 공격이었지만 무열에겐 오히려 반대였다.

이때를 기다린 것.

촤르륵!! 착!

곡도를 반 바퀴 회전시키면서 검날을 뒤로 향하게 한 뒤 무열이 벌어진 녀석의 아가미를 향해 두 손으로 곡도를 찍어 눌렀다.

망설임은 없었다.

콰드득.

뚫린 아가미를 관통하며 곡도가 플레임 서펀트의 머리에 박혔다.

서걱-!!!

그와 동시에 무열이 손잡이를 잡아당기자 그대로 녀석의 머리가 몸뚱이와 분리되며 떨어졌다. 녀석의 비늘은 단단하지만 내부는 연약하기 그지없었다.

아가미를 벌리는 순간. 그때가 바로 녀석을 잡을 수 있는 기회였다.

쿠득…… 쿠득…….

비명조차 지를 새 없이 산화되는 괴수의 몸뚱이는 도마뱀의 꼬리처럼 머리가 잘렸음에도 불구하고 몇 번이나 더 꿈틀거렸다.

"후우……."

사우나처럼 2층 공간이 뜨거웠다. 무열은 비늘이 녹아 떨어지는 곡도를 움켜쥐며 허리를 폈다.

'훈련소에서 병사들을 1층만 클리어하게 하는 이유를 알겠군. 2층을 공략해도 어차피 직업을 얻을 수 없는데 이 정도 난이도라면…….'

강검술을 익힌 병사라 할지라도 기껏해야 습득하는 것은 1식이 고작. 그 상태로 덤볐다가는 열에 절반은 목숨을 잃을 것이다.

'하지만 훈련소도 없는 이 상황에서 2층을 클리어한 녀석들

이 괴물이라고 봐야겠지.'

무열은 새하얀 연기를 내뿜으면서 타들어 가는 몬스터를 보며 다시 한번 인간군 4강의 존재에 대단함을 생각했다.

'그런 녀석이 셋……'

자신의 강함보다 남의 강함을 먼저 생각하는 건 스스로가 전생에 일반 병사였기 때문일지 모른다.

그러나 그는 몰랐다. 인간군 4강의 최강자를 쓰러뜨리고 그 누구도 하지 못한 2층의 솔로 클리어를 해낸 무열 자신이, 그들보다 더 괴물에 가까워진 것을.

[2층 공략 성공!]

[D랭크로 승급 가능합니다.]

[직업은 1층과 동일. 2층을 클리어한 도전자들에겐 기여도와 시간에 따라 보상이 주어집니다.]

[3층에 도전할 수 있습니다.]

무열은 그런 생각을 떨쳐 내기 위해 고개를 저었다.

플레임 서펀트가 사라지고 남은 곳에 떨어진 작은 상자. 1층과 달리 직업을 얻을 수 없는 이곳에서 주어지는 보상.

[기여도 1위 : 무열 : 100%]

[시간 : 00 : 28 : 37]

[2층의 기록을 경신하였습니다.]

[SSS 랭크 솔로 클리어!!]

[기여도와 클리어 시간을 종합한 결과, 보상의 등급이 상승합니다.]

그의 앞에 떨어진 작은 나무 상자가 순간 번쩍이더니 금빛 문양이 그려진 은색 상자로 변하였다.

탈칵.

조심스럽게 상자를 열었다.

"음……?"

작은 회복 포션 하나와 함께 들어 있는 반지. 붉은색의 보옥이 박힌 반지를 보며 무열의 눈빛이 번뜩였다.

'이게…… 여기서?'

무열은 반지를 집어 들면서 살짝 놀란 표정을 지었다.

'종잡을 수 없는 불꽃.'

이름 그대로다. 세븐 쓰론에 존재하는 아티팩트 중에도 가장 알 수 없는 녀석. 그렇기에 모르는 사람이 없을 정도로 유명했다.

'이걸 썼던 사람이…… 분명…….'

붉은 용 클랜의 마스터였던 주술사 알라이즈 크리드. 이름보다 용군주라는 이명이 더 유명했던 그는 화룡을 부리는 흔치 않은 강자였다.

'그 화룡을 잡는 과정에서 마지막 일격을 가했던 게 바로 이

반지라 했다.'

[종잡을 수 없는 불꽃]
화염 피해를 입으면 랜덤하게 피해 계수에 비례하여 반사한다. 단,
사용자의 역량에 따라 반대로 비례하는 대미지를 입을 수 있다.
−불꽃은 호시탐탐 주인을 잡아먹으려 한다.
등급 : D급(유니크)
분류 : ACC
내구 : 100
효과 :
  체력 +50, 근력 +30

이 반지가 없었다면 알라이즈는 화룡의 브레스를 반사하지
못해 죽었을지도 모른다.

성장형 아티팩트였기 때문에 SS랭크에 올랐던 알라이즈의
경우 이 반지 역시 그와 함께 강력한 힘을 가졌었다.

'하지만 제어할 수 없는 강한 힘은 때론 독이 될 수 있지.'

화룡까지 부리면서 용군주라는 이명으로 그를 유명하게 만
들어준 그의 반지가 우습게도 그의 죽음의 결정적인 이유가
되기도 했으니까.

"흠……."

용군주가 이곳에서 반지를 얻었다고 볼 순 없다. 현재 이런

식으로 혼자서 2층을 클리어할 수 있는 사람은 무열 이외엔 없을 테니까.

카토 유우나가 나타나기 전까지 오랜 시간 동안 비석에 적혀 있던 순위는 변하지 않았다. 즉, 알라이즈가 이곳을 클리어한 3강들보다 높은 수준으로 탑을 클리어한 적이 없다는 말.

구하기 어려운 아티팩트라 하더라도 유일한 것은 아니다. 역사대로 언젠가 알라이즈 역시 이 반지를 손에 넣겠지만 그보다 몇 배, 아니, 수십 배는 먼저 무열이 앞서게 되는 것이다.

무열은 망설임 없이 반지를 집었다.

"좋아."

그는 반지를 보며 흡족한 표정을 지었다.

'알라이즈의 죽음의 이유는 모두가 아는 사실.'

워낙에 유명한 사건이었기 때문에 대륙 전역에 퍼졌었다.

'그것'만 조심한다면……

"문제 될 거 없다."

꽈악.

그 순간 손가락이 조여오면서 반지가 그에게 딱 맞게 조정되었다.

크르르르르르……

"음?"

그 순간이었다. 3층으로 연결된 문이 생성됨과 동시에 지진이라도 일어나는 것처럼 땅이 움직였다.

"시작됐군."

종잡을 수 없는 불꽃. 확실히 좋은 아티팩트다. 생각지 못했던 수확이지만 애초에 이건 말 그대로 아티팩트일 뿐.

진짜 목적은 하나. 계단 위로 합쳐지는 두 개의 층을 보면서 무열은 자신의 생각대로라는 생각을 했다.

두 층을 더 올라가야 하는 첨탑이었지만 그 둘이 하나가 되면서 공략의 속도는 더할 나위 없이 빨라질 것이다.

경이로운 기록.

그가 처음 계획했던 단 하루 만에 첨탑을 공략하는 방법.

아마도 이건 그 누구도 깰 수 없을 것이다.

비석의 순위를 유일하게 바꾼 한 사람. 실제로 이렇게 불꽃 첨탑을 공략했던 히든 이터(Hidden Eater) 카토 유우나라 할지라도 말이다.

'히든 피스(Hidden Piece).'

무열은 첨탑의 마지막 공략을 위해 걸어 올라가며 생각했다.

'먼저 가져가겠다.'

'첨탑의 3층과 4층이 하나로 합쳐진다면 그자는 아마 첨탑의 주인을 만나게 될 것이다. 그렇게 되면 4강이 얻은 클래스 이상의 것을 얻을 수 있다.'

히든 이터(Hidden Eater) 카토 유우나는 2차 전직을 한 후에 이 비밀을 밝혔다.

이미 4강의 자리를 굳건하게 했던 네 명은 이런 비밀이 밝혀지고도 더 이상 첨탑에 도전할 수 있는 자격이 없기 때문에 불가능했다.

그 비밀에 대륙은 충격에 휩싸였고 많은 사람이 그녀가 말한 히든 피스를 얻기 위해 도전했다.

그리고 학살의 층이란 이름이 붙게 되었다.

'4강의 기록을 깰 수 있을 정도의 사람이었다면 2차 전직을 하는 그 시간이 흐를 때까지 E랭크에 머물러 있지 않았겠지.'

무열은 계단을 오르면서 생각했다.

'카토 유우나의 직업은 밝혀지지 않았다. 도둑 계열이라는 소문도 있고 트래져 헌터라는 얘기도 있었지만……'

분명한 건, 그녀는 첨탑의 주인을 만나 직업을 얻었다. 만약 마음만 먹었다면 4강과 어깨를 나란히 하며 자신만의 군세를 만들었을 것이다.

그녀의 직업은 히든 피스 중 하나. 검투사라 할지라도 절대로 만만히 볼 수 없다.

'다행이라면 다행일까. 그녀는 권세에 아무런 관심이 없었지. 오히려 남들이 찾지 못한 히든 피스를 찾고 그 방법을 대륙에 공표하는 것. 그걸 즐겼으니까. 유니크와 달리 히든 피스야말로 대륙에 단 하나뿐이니 알려도 어쩔 도리가 없고.'

불꽃 첨탑을 클리어하는 방법 역시 그녀 덕분이라 할 수 있다.

'당신의 그 특이한 성격에 감사해야겠군.'

그와 동시에 무열의 머릿속엔 다른 궁금증이 있었다.

'하지만 누굴까.'

이곳에 군림하고 있는 자의 정체. 히든 피스를 가지고 있는 '진짜' 이 세계의 사람.

끼이이이익.

마지막 계단을 오르는 순간, 2층과는 전혀 다른 분위기의 검은 철제문이 천천히 열리기 시작했다.

'카토 유우나가 첨탑을 클리어한 자신의 공략법을 대륙에 공개할 수 있었던 이유는 애초에 자신의 공략법을 따라 할 수 있는 사람이 없을 것이라는 자신감 때문이겠지.'

두 번째 삶이 존재할 것이라곤 그녀조차 상상하지 못한 일이었으니까.

'하지만 그런 그녀도 합쳐진 층에서 나타날 몬스터에 대해서는 정확히 알 수 없다고 했다.'

[크르르르르……]

'탑의 주인이 도전자에게 맞는 몬스터를 고른다.'

즉, 그 말은 이제부턴 정말로 자신의 힘으로 싸워야 한다는 뜻이다. 3층과 4층을 차례차례 공략하는 다른 도전자들과 달리 히든 클래스를 얻은 카토 유우나만이 합쳐진 층을 경험했지만 어떤 몬스터가 나올지 모른다고 단정 지을 수 있는 이유.

철컥.

검은 철제문이 열리자 그 안엔 3개의 문이 다시 나타났다.

바로 이 때문이다.

세 가지의 선택지.

복이 될지 불이 될지 아무도 알 수 없다.

"······."

무열의 발걸음이 멈췄다.

"클, 클클······."

수정구를 통해 그를 보고 있던 칸트나는 기대했던 모습에 낮은 웃음을 지었다.

"그래, 고민해라. 어떤 적이 나올지 모를 때야말로 가장 두려운 법이니까."

일종의 유흥. 괴팍하고 삐뚤어진 성격의 그에게 이 정도는 오랜 세월 동안 지루했던 날을 깨뜨려 주는 놀이였다.

그는 자신이 이 도합의 층을 만들 정도의 도전자가 나타날 것이라곤 생각하지 못했다.

"재밌어. 재밌단 말이지. 그러니 최대한 오래 살아주길 바라네. 이 칸트나의 장난감이 되어서 말이야."

그동안 이곳을 들렀던 사람들은 모두 다 시시한 녀석뿐이었다. 몇몇의 도전자는 제법 뛰어났지만 결국은 자신을 보지 못하고 떠났다.

"빌어먹을 신들만 아니었어도……."

자신이 이곳에 갇혀 있을 이유는 없는데 말이다.

칸트나는 잠시 흥분된 얼굴로 이를 갈더니 다시금 수정구를 내려다봤다.

뭐, 그래도 상관없다. 오랜만에 유흥거리가 있으니 말이다.

툭.

그때였다. 무열은 아무런 고민 없이 가운데 문의 손잡이를 잡아당겼다.

애초에 고민할 필요가 없는 문제. 무엇이 나올지 모른다 하더라도 결국은 잡아야 하는 사냥감이니까.

"……."

기대를 완전히 뭉개 버리는 행동. 그 순간, 칸트나 마고우의 얼굴이 완전히 일그러졌다.

[크아아아아아———!!!!]

문이 열리자마자 들리는 괴수의 포효. 무열의 몸이 마치 찌릿한 전기를 받은 것처럼 순간 굳어지는 느낌을 받았다.

고유 스킬. 상위 몬스터들이 가지고 있는 '피어'는 전체 스테이터스 하락과 동시에 마비 효과를 일으킨다.

그걸 가지고 있다는 것만으로도 지금까지의 몬스터와는 완전히 다른 랭크.

피어를 보유하고 있는 몬스터는 C랭크 이상. D랭크 전직과 직업을 획득하는 불꽃 첨탑에서 존재할 수 없는 몬스터였다.

파앗-!!!

피어는 정신력에 비례해서 더 큰 효과를 준다. 즉, 반대로 생각하면 두려워하지 않으면 피어의 효과는 더 줄어든다는 말이다. 지금처럼.

우드득.

"후우⋯⋯."

무열이 전신에 힘을 주자 근육들이 꿈틀거렸다. 그는 목을 좌우로 꺾으며 마비가 되었던 몸을 풀었다.

"⋯⋯뭐 저런 게 다 있어?"

칸트나 마고우는 어처구니가 없다는 얼굴로 수정구를 바라봤다.

이곳에 들어왔다는 건.

'저 녀석, 분명 E랭크일 텐데⋯⋯?'

E랭크 이상이라면 들어올 수 없으니 말이다. 자신이 도합의 층에 풀어놓은 괴수는 다름 아닌 C급 몬스터 중에서도 포악하기로 유명한 그리핀이었기 때문이다.

그리핀의 피어를 맞고도 아무렇지 않을 수 있다?

있을 수 없는 일이 벌어진 것이다.

"정체가 뭐지⋯⋯?"

[카아아아아아아……!!!]

독수리의 머리와 날개, 황갈색의 몸통과 사자의 뒷다리를 가진 그리핀의 모습을 보면서 무열은 공포를 느끼는 게 아니라 오히려 웃음을 짓고 말았다.

"하…… 하하."

자신보다 두 단계나 높은 상위 몬스터를 보면서도 그가 이렇게 여유를 부릴 수 있는 이유.

"운이 좋군."

아이러니하게도 강력한 몬스터인 이 녀석이야말로 무열이 훈련소에서 가장 많이 경험한 몬스터였기 때문이다.

두려움보단 익숙함.

그런 존재에게 어찌 공포를 느끼겠는가.

포악하지만 비룡처럼 까다롭지 않다. 오히려 길들이기만 한다면 가장 훌륭한 괴수.

훈련소에서 월등한 수를 보유했을 뿐만 아니라, 활공부대가 바로 그리핀 기수로 구성된 부대였다.

가장 많다는 것은, 가장 많이 사냥했다는 것을 의미하기도 했다.

'당연히 그리핀 포획은 병사들의 몫.'

두세 마리? 열댓 마리?

그런 수준이 아니다. 100만 군세가 격돌하는 전장에서 사용되는 그리핀의 수는 수백에서 수천.

무열이 바로 그 녀석들을 잡았었다. 지겨울 정도로.

'날개와 몸뚱이가 연결된 관절 사이, 목덜미 안쪽 4㎝ 지점의 혈관, 뒷다리와 연결되어 있는 고관절 2지점까지.'

질리도록 외우고 실전에 써먹어서 아직까지도 암기하고 있는 내용들. 그에게 눈앞에 적은 두려운 맹수가 아니라 오히려 약점으로 가득한 상대일 뿐이다.

부우웅.

무열은 2층에서 획득한 포션을 입에 물고 단숨에 들이켜며 달렸다.

[크아아아아아!!!]

그리핀의 날카로운 부리를 피하면서 그는 이 위에서 자신을 기다리고 있을 그를 떠올렸다.

쿠당탕-!!!

"말…… 말도 안 돼!!!"

의자가 뒤로 넘어지며 요란한 소리를 냈다.

한 세기를 살고도, 또 반세기를 더 살았다. 지금껏 많은 일을 겪었지만 마도사라는 칭호를 얻고 난 뒤부턴 모두 그의 예상 범위 안의 일이었다.

마력을 탐구하고 괴수를 연구하면서 스스로를 생각하기에

마도학의 한 획을 그었던 존재라 칭했다.

현존하는 대다수의 몬스터의 등급을 매긴 것 역시 자신이었다. 포획한 몬스터끼리 서로 혈투를 벌이게 만들기도 했고 때때로는 그 강함의 기준을 정하기 위해 인간을 사용하기도 했다.

그러면서 정립한 몬스터 계보. D에서부터 S랭크까지. 상대적인 강함뿐만 아니라 인간에 대한 강함까지 완벽하게 정리한 자신의 기준은 약 50년이 흘렀지만 단 한 번도 틀린 적이 없었다.

랭크가 낮으면 약하고 높으면 강하다. 이건 절대적이었다.

그리핀은 첨탑에서 꺼낼 수 있는 최강의 몬스터. 희망에 부풀어 있는 도전자를 농락하고 철저하게 가지고 놀 생각이었다. 바로 조금 전까지.

쾅……!!!

닫혔던 문이 세차게 열렸다.

뚝, 뚝.

곡도의 날에서 떨어지는 핏물이 문 앞에 있는 카펫을 적시고 있었다.

스으윽.

클리어를 알리는 황금색의 메시지창엔 관심도 없다는 듯 파리 쫓듯 손을 휘저으며 없애 버린 남자를 보며 칸트나는 입을 다물지 못했다.

툭.

앞으로 굴러떨어지는 그리폰의 머리.

"……."

그걸 본 순간 그의 얼굴엔 놀람을 넘어 경악이 서렸다.

"후우……."

그런 그와는 반대로 무열은 얼굴에 묻은 피를 손등으로 닦
으며 호흡을 고르더니 덤덤한 목소리로 말했다.

"자, 이제 정산을 해볼까."

to be continued

Flatter 퓨전 판타지 장편소설

Wish Books

일천회귀록

사내는 강고하게 선언했다.
"다음 삶에서야말로 나는 너를 죽인다."

『기대하지.』

세상과 함께, 사내의 심장이 찢겼다.

20,000년이 넘는 세월을 살아 왔다.
히든 클래스 전직과 비기 획득도 지켜왔다.
모든 것에 지쳐갔다.
마황에게 죽임을 당하는 순간조차도.

바로 오늘, 강윤수는 999번 회귀했다.
죽거나, 죽이거나.

모든 클래스를 마스터한 남자의
일천 번째 삶이 시작된다.

천마 사냥꾼

운경 현대 판타지 장편소설

마수가 창궐한 세계.
염동 능력자이자 천마신공의 전수자 적시운.
그가 해야 하는 일은 단 하나.

'살아서 집으로 돌아간다.'

*천마(天魔)[명사]

검은 안식일 이후 지상에
창궐하게 된 마수 무리의 지배자.

*사냥꾼[명사]

사냥하는 자.

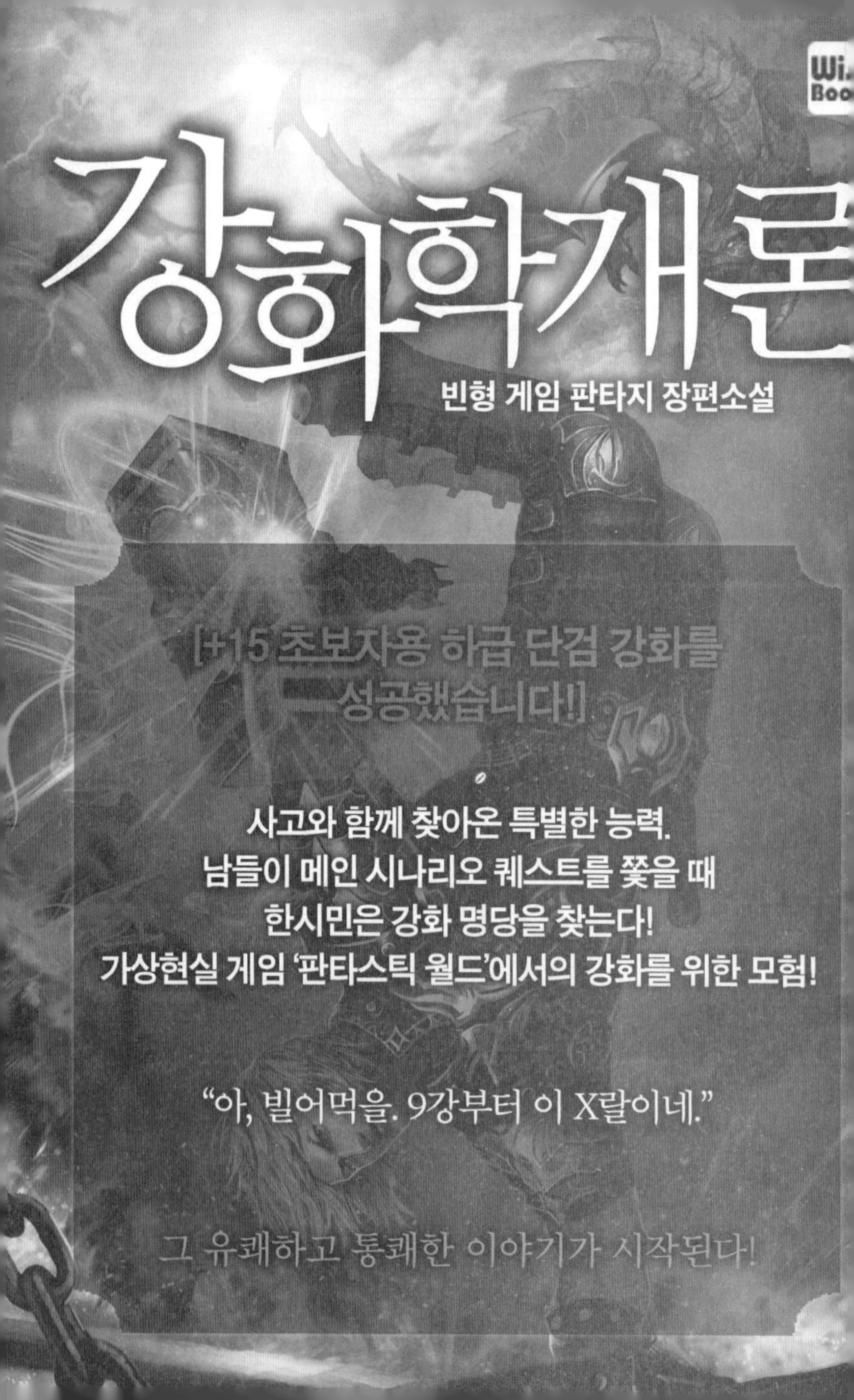